LOCUS

mark

這個系列標記的是一些人、一些事件與活動。

Mark 116
銀之匙
gin no sazi

作者：中 勘助
譯者：林 皎 碧

編輯：連翠茉
校對：呂佳真

法律顧問：全理法律事務所董安丹律師
出版者：大塊文化出版股份有限公司
地址：台北市10550南京東路四段25號11樓
www.locuspublishing.com
讀者服務專線：0800-006689 TEL：(02) 87123898
FAX：(02) 87123897
郵撥帳號：18955675
戶名：大塊文化出版股份有限公司
e-mail：locus@locuspublishing.com
總經銷：大和書報圖書股份有限公司
地址：新北市五股工業區五工五路2號
TEL：（02）89902588（代表號） FAX：（02）22901658

初版一刷：2016年 5 月
ISBN 978-986-213-696-6
定價：新台幣 280 元

銀之匙

GIN NO SAZI

中勘助 著
林皎碧 譯

導讀

孤高作家　中　勘助

林水福（南臺科技大學教授、芥川龍之介學會會長）

中勘助是誰？

對大部分讀者而言，應該是第一次看到中勘助這名字。角川書店曾出版《中勘助全集》十三卷，一九六五年獲贈朝日文化獎。由此可見中勘助至少生前於日本文壇具有相當地位，也受到肯定。為何台灣無人介紹，也少有日本作家提到他的名字呢？這與他的個性有關。

中勘助與夏目漱石

中勘助生於一八八五年（明治十八，一九六五年歿），父勘彌任職岐阜今尾藩士，明治維新後全家與藩主移居東京。勘助雖生為五男，但長男、三男、四男夭折，因此，上有二男之兄長與二姊，下有二妹。

一八九七年讀城北中學（東京府立四中）。一九〇二年就讀一高，夏目漱石是他的英語教師。這是他與夏目漱石結緣的開始。同時認識了安倍能成、小宮豐隆、野上豐一郎、岩波茂雄、萩原井泉水等後來具影響力的菁英分子。

一九〇五年勘助進入東大英語系，與漱石再續前緣。漱石辭東大教職之後，勘助也轉至日本文學系。同學中有詩人鈴木三重吉。

如果沒有漱石的欣賞與幫助，相信不會有後來的作家勘助。怎麼說呢？勘助的隨筆《夢之日記》（一九一一年）得以在《新小說》發表，是小宮豐隆推薦的。小宮與漱石有何關係呢？

小宮豐隆念東大德文系時的保證人是夏目漱石，由於接近漱石次數增加，甚至有轉至英文系之念頭。小宮大學時代對漱石的「文藝評論」和莎士比亞課從未缺席，但自己德文系主任的課從未出席，因此被當。大學時就加入漱石的「木曜會」。

「木曜會」成員之一的森田草平在〈夏目漱石〉之中說：「誰最受故先生喜愛呢？換言之，誰最接近先生心底呢？針對這，我毫不猶豫想回答那是小宮豐隆。」小宮後來擔任東北大學教授，東京音樂學校校長，藝術院會員等要職。

如上述勘助一高時的英語老師也是漱石。勘助習慣上課時耳朵聽課，眼睛卻往窗外看，覺得這樣反而聽得懂內容。漱石發現他這習慣，有一次循著他的視線，發現空中宛如充滿不可思議的東西。有一天，漱石對他說了類似「有人看著窗外，好像沒在聽課，其實，專心聽課呢」這樣的話。之後，勘助更「肆無忌憚」地上課常看窗外，因為他知道老師了解他。

勘助念東大時本來想當詩人，對小說沒太大興趣。與漱石的相處是維持相當距離，但彼此「欣賞」。他透過朋友送漱石便宜的小東西，漱石因胃潰瘍病倒時，勘助送摺紙。漱石喜歡勘助的真心，不黏人個性。曾說：「我是怪人，中（勘助）更是怪人！」還擔心他「會不會自殺」。勘助雖然孤獨，但是孤獨之中有種安詳的東西；他從漱石身上感受到像父親般的愛。

家庭糾紛多

造成勘助所謂「孤高」的看法，固然大部分是個性使然，但家庭糾紛多恐怕也是造成他個性的原因之一。勘助大學畢業，父親逝世。緊接著唯一的兄長正一又因腦溢血倒下。這位兄長相當優秀，東大醫學系畢業之後，留學德國，學成擔任九州帝大教授，美好的人生正要啟航，哪知僅四年，三十八歲因腦溢血倒下；因此造成家庭糾紛長達數年。為了逃避家庭內讓人快要窒息的氣氛，勘助申請志願役，但生病，除役，跑到信州野尻湖畔，寄身安養寺，秋季藏身湖中弁天島。

後來離開野尻湖回到東京，寄寓上野寬永寺真如院。這時自一高時期精神支柱的好朋友山田又吉自殺了！對勘助打擊相當大，精神的苦惱更為嚴重，又患腳氣病。之後進入長長的養病生活。

一九一六年寄寓真如院期間，勘助發表的隨筆出現朋友江木定男長女妙子的名字。一九二〇年移居千葉縣我孫子，仍然過著遠離俗世深居簡出的日子。但與志賀直哉往來密切。翌年，因森田草平的介紹，小說《提婆達多》由新潮社出版。

由於嫂嫂末子多年的努力，家庭的糾紛及經濟問題終於獲得解決。賣掉小石川的家，遷居赤坂；而勘助時常從我孫子到赤坂照顧家人。一九二一年在神奈川平塚蓋了房子供母親及兄長避暑避寒之用，勘助夏冬上京住赤坂家，平常住平塚，過著讀書思索的日子。

一九二七年未結婚住在巴黎的妙子家寫下《菩提樹下》；與之前描寫人內心的醜陋的《提婆達多》、《犬》大異其趣，可預見後來的童話性作品《鳥的物語》之風格。

一九四二年四月嫂嫂逝世，七月妙子亦辭世。十月勘助考慮到要照顧兄長，決定和島田和子結婚，這年勘助五十七歲；然而，婚禮當天兄長竟然與世長辭！多年來的家庭問題畫下休止符。

中勘助的作品

《提婆達多》，一九二一年新潮社刊行。提婆達多與與後來成為佛陀的悉達多是敵對關係；透過描寫提婆達多無可救贖的悲慘情狀，深入探討我執、嫉妒與難以切斷的愛慾之作品。中勘助憧憬寂靜、自由、慈悲的世界，凝視自身內部的悉達多，描繪因愛與煩惱相剋而受苦的人的內面苦鬥。

《犬》，一九二四年岩波書店刊行。續前作《提婆達多》，以印度為舞台，深入描繪愛慾。在森林中苦行的聖者，對受回教徒侵犯，猶喜歡那男子的年輕女性一見鍾情，忍不住和女子發生關係，嘗到男歡女愛的愉悅滋味，說：「不知竟然如此歡樂。如果會遭受懲罰，讓我下地獄吧！」詛咒殺死男子，把女子和自己變成犬希望能長相廝守；不意，女子即使變成犬猶不能原諒他，最後正準備吃掉他之際，魔咒解除了，變回人，就此下墜地獄的故事。

《鳥的物語》，童話集，一九四九年山根書店刊行。中勘助為大人寫的童話。收錄雁、鶴、鳩、鷲、雲雀五隻鳥，他追求的憧憬在鳥的交談中，自由展翅。

《飛鳥》，詩集，一九四二年筑摩書房刊行。三好達治指出：與詩壇無涉的這個人的詩具有喚醒人「善」的意識，且散發著深不可測的哀傷感。給予「自由無礙，清高曠一代」的評語。

《銀之匙》與背後的現實世界

《銀之匙》分為前篇與後篇，前篇是一九一二年在信州野尻湖畔寫的，依夏目漱石的意見稍加修改，後篇是一九一五年在比叡山僧坊寫的，皆因漱石推薦於《東京朝日新聞》連載。鮮明刻畫脫俗孤高詩人中勘助幼少年時代的作品，夏目漱石認為是以小孩世界的描寫，未曾有之作而大為激賞。整部小說沒有明顯的情節發展，也沒有特別的大事件發生，當成誘人鄉愁的隨筆似乎亦無不可。

仔細閱讀，前後篇之間作品的氛圍有些不同。前篇感覺是更為純化的世界，整部小說隱約之間可窺見作者現實生活的投射。例如：前篇主角與大阿姨之間有著深深的信賴關係，大阿姨照顧主角無微不至，甚至讓人感覺如果沒有大阿姨，主角是否活得下去的感覺。

另一方面，主角與母親之間除了開頭發現銀湯匙時，主角的「我」跑到母親跟前問：

「這個銀湯匙給我，好不好？」

母親戴著眼鏡正在茶間縫縫補補，露出有些意外的表情說：

「那你要好好保存這支銀湯匙。」

此外，無著墨之處。固然妹妹的出生，使得母親的注意力轉移到妹妹身上；但焦點集中主角與大阿姨身上，是顯而易見的。大阿姨雖拙於言辭，行為之間充分流露對主角百分之百的疼愛。

主角與哥哥之間的感情如何呢？

有一天女同學阿國不上學，「我」也想要賴不想上學，結果：

「哥哥走過來，一把揪住我的後領，用我不懂的柔道技法一而再、再而三把我扔到榻榻米上，又賞我好幾個巴掌。」之後對於哥哥並無特別描述。

後篇，從釣魚乙事開始，對哥哥的恨意，討厭的場面接連出現，讀來令人心情不覺逐漸沉重。到了哥哥不再出現之後，又恢復活潑、有生氣的描述。救蠶寶寶和放風箏的描寫，引人入勝。末尾，主角投宿朋友的別墅，巧遇朋友的姊姊，有一小段小說世界的描寫，留下臆測、揣想的空間。

其實，上述勘助的兄長腦溢血倒下，其語言及智能變得低下，但並非臥病在床。據說能在硬紙板上寫下想去的地方，可以外出釣魚；而勘助患腎臟病、腳氣病，健康狀態不佳。

兄正一極度嫉妒、憎惡勘助，不讓勘助同住，還暴力相向。勘助因此入營當兵、因病除役亦不能回家，在嫂嫂娘家療養，有時寄身友人家，或在野尻湖的佛寺等，過著形同流浪的生活，大約有十年之久。

《銀之匙》就是在這種情況下寫的，兄長以有收入為條件，才能讓勘助住進家裡。勘助本意在於寫詩，無奈只得專心寫《銀之匙》。獲恩師夏目漱石之助，一個無名青年的作品始得於在《朝日新聞》連載。然而，兄長未遵守約定，發怒，不讓勘助回家。

被忽略的重要作家

中勘助曾在平塚住了將近八年，與神奈川有深的淵源，二〇一五年神奈川近代文學館從五月三十日到七月二十日舉辦「誕生一百三十年逝世五十年《銀之匙》作家中勘助展」。可見中勘助在日本仍然受到關注；而在台灣這本《銀之匙》的翻譯或許是認識中勘助——一位被忽略的重要作家——的開始！

推薦

不安的童心

吳曉樂（作家、《你的孩子不是你的孩子》作者）

對於童年，作家解讀各自精彩，但鮮有作家得以說出，童年時所識歷的一切，與之後自己所構築的世界，並無干係。海明威曾說過：「不幸的童年是作家的搖籃。」也許正是為了適應眼前的光怪陸離，才不情願地長出了多餘的心眼，來詮釋眼前的世界。童年記憶，最奇處也往往在於它的不準確，莫言曾說，《透明的紅蘿蔔》一作中，印象中高大宏偉的涵洞，他數年後又舊地重訪，發現自己輕易地一個舉手就摸到了涵洞最高處，莫言於是理解，兒童的眼睛裡，事物都多了一層魔幻的色彩。

追憶本身即是影像的定景播映，必然畸零破碎，也不乏活在現世的眼光的屢屢干擾，那樣看童年，往往是此明彼暗，這時添了智慧那時多了愚騃。若從此觀，《銀之匙》這部作品，倒也有其不群之處，中勘助在追憶時，並沒有尋常作者記事時難以隱匿的「後來居上」的味道，反像是順遂地召喚出童年的中勘助，並借用了識事之後的中勘助的文采，將當時孩童眼中的世界非常工整精巧地搬了過來。簡言之，像是童年的中勘助借用了未來的自己的文采，誠實地把那時耳目所得，以今日中勘助的手筆，栩栩如生地再現。

把偽字拆解，不妨解為一種「為人」的過程，從混沌至開竅，而在有了名字的當下，從前的一些質素也同時死去。《銀之匙》一書，即是成為人之過程中，一個個體曾做出的微小抗辯。自始，中勘助的來歷即與常人不同。天生體弱，又飽受頭疼、腫疱之病苦，在五歲之前，中勘助罕有機會站在地上，而是由年邁的大阿姨揹著，在居家鄰近地區遊賞。「好天氣的時候，大阿姨經常揹著我這個緊抓著她的背、好像《一千零一夜》阿拉丁故事裡的妖怪，走路到她老人家腳力勘負荷又能讓我感到愉快的地方。」從這樣的背景，不難勾勒出一個先天不安寧，後天又極度依賴的屁孩臉孔，照理說實在不應長出讓人期待的思想，中勘助彷彿是得到神明的冥冥應許，擁有十分清澈皎潔的心眼，但這樣的心眼，在世間中並無法得到青睞，只因其輕易地映見出俗世中肆意翻飛的塵埃。

如書中所述，日清戰爭（即甲午戰爭）爆發時，面對老師反覆提及「大和魂」和「小中國」，中勘助十分不以為然：「我打從心底就很討厭這種言論，老師每次都講元寇和討伐朝鮮的故事，卻不講豫讓復仇和比干挖心的故事」，甚至在被視為權威的老師面前，幼小的中勘助也能反駁：「日本人具有大和魂，中國人應該也有中國魂吧！日本有加藤清正、北條時宗等英雄，中國也有關羽、張飛等英雄啊！我記得老師曾經講過上杉謙信把鹽巴送給敵人武田信玄的故事給我們聽，還說那就是憐惜敵人的武士道精神，你為什麼要經常罵中國人呢？」這樣不馴的中勘助，逼得老師憤恨給予「沒有大和魂」的評價，同儕自然也紛紛遞來不友善的目光。而中勘助對於修身課的批評更是一絕：「課本內容都是一些以勸善為主題的枯燥無味故事，包括孝子從老員外手中獲得意外財富的故事啦！正直的人成為富豪的故事啦！加上老師的解說總是以最低級的功利主義出發，所以修身課絕無法讓我潛移默化成為善良的人，反倒是引起相反的效果。」

以上二例可知，中勘助時年不過十一、二歲，卻洞見了俗人對於權威的全然迷信，對於歷史的錯讀愚昧。箇中最哀婉的，莫過於學校作為知識養成機構之不幸。在這既有教育者亦有同儕的場域裡，孩童為了討好群體，揣摩與模仿自己也並未真心相信的道理，而理應破除迷障的師者，不僅失職地淪陷於低級的思考與劃分，在面對中勘助的質疑時，為確立自己的權威，只能狼狽地以破口大罵來閃躲問題。讓人不禁沉吟，若教職者在面對孩童受教者時，已經無能辨識出自己也曾擁有這樣的初心，那所謂教育，至末必然遭受扭曲，成了服務國族與社會，而對於幼小的個體進行強勢換血的工程，距中勘助提問至今，已逾百年，讓人不禁想問，今日的教育環境，是否已成熟得足以乘載不同的想像？

然而，相較於小小主人公獨立自外的目光，更叫人激賞的，反而是他對於人的敏銳觀察，以及他對於不同人擁有怎樣的質地，如斯質地可以展延出怎樣的關係，也有著異常精準的判斷。像是主人公與阿蕙的初遇，不過一句話，「我發現她的身子瘦小，看起來好像有什麼疾病，不知不覺就喜歡上她了」，讓人不禁有了張愛玲般「噢，你也在這裡嗎」的嘆息。Sylvia Plath 在《瓶中美人》寫及：「一起嘔吐過的人最容易結為知交」，但在這，中勘助的視野更為脫俗，因為意識到眼前瘦小的女孩，也彷彿遭遇了什麼疾病的干擾，而在「人同此身」的共感下而不自覺地喜歡上了阿蕙，那樣的辨識與友好，其實不無殘忍的味道，是弱小者必須嗅聞出同類以求自保的天性，中勘助誠實地寫下，是自白，亦是對人性的真實記錄。

除了對人際的尖銳刻畫，中勘助也有如詩如歌之妙筆。夏目漱石曾評論中勘助：「描寫整潔而細緻，文字雖非常雕琢卻不可思議地無傷於真實」。若見識到中勘助如何描繪自己幼時與阿蕙倚窗鑑月，恐不免賭氣想，夏目漱石所言並無溢美。「那時候，我發現自己擱在小窗戶上的手腕真的很美，皮膚白皙又光滑。這是月光照射下瞬間所產生的效果……阿蕙也把自己的手腕伸出來給我看，粉嫩的肌膚看起來好像壽山石。我們都覺得很不可思議，竟然就在寒冷的夜晚裡，互相露出胳膊、小腿、胸部等身體各部分，彼此都忘我地一直發出驚嘆聲。」

詞人納蘭性德曾以詞託意，而有「人生若只如初見」的感傷，中勘助對幼年的刻畫，像是樹脂，完整封存了彼時的初見。而讀者在把玩著這樣一塊琥珀時，也不免回想，這樣明晰的記憶，何嘗不是一種負累；再說了，這樣的陳述內緣必然有著隨時光而增生毀傷之處，但再怎麼不情願，也必須承認，曾有一個魔幻的瞬間，自己給幼小的主人公細弱的臂膀一個牽引，就招呼了進去，回到那樣的時刻，那時我們的心很小，眼兒也很小，只消一陣風輕輕地使力，就盈盈地上了青天。

前篇

1

我書齋裡的書箱內有一個抽屜，收藏著各種不值錢的小玩意。很久以來抽屜裡一直放著一個軟木製的小盒子，每個接頭上都貼有牡丹花樣的繪紙。聽說小盒子原本是裝船來菸草之用。由於軟木的顏色不鮮豔，一點都不漂亮，可是手感很柔軟，闔上蓋子時會發出「嘭」的輕柔聲，至今仍是我所喜歡的東西之一。盒子裡有子安貝、山茶花的果實以及小時候經常玩的小玩具等各種小玩意。其中最無法忘懷的就是一支形狀罕見的銀湯匙。那是一支短柄、微微彎曲約一點五公分的盤狀銀湯匙。因為質地厚重，以手指拈起，感覺有些沉甸甸。我時常從小盒裡將它拿出來，細心擦拭後，目不轉睛地凝視著。那是我在很久以前，無意間發現的一支小銀湯匙。

原本我家有個放碗盤的櫥櫃。在我小時候，小到得踮腳才能觸及那個櫥櫃的時候，經常喜歡打開櫥櫃或拉開抽屜，好奇地把抽屜一個接一個打開，東翻翻西翻翻櫥櫃內的物品，以及聽聽拉開抽屜的響聲。櫥櫃抽屜的兩個把手是玳瑁材質，其中一個狀態很不好，以我當時小孩子的力氣，無論怎麼用力也拉不開。因為拉不開，反倒讓我對它抱持更強烈的好奇心。有一天，我費盡千辛萬苦，終於成功地拉開那個抽屜。我很高興地把抽屜裡的東西全部倒在榻榻米上，發現有風鎮[1]、有印籠的吊飾等，其中一支銀湯匙，不知為何我就是想佔為己有，於是馬上拿著它跑去央求母親：

「這個銀湯匙給我，好不好？」

母親戴著眼鏡正在茶間縫縫補補，露出有些意外的表情說：

「那你要好好保存這支銀湯匙。」

出乎我的意料，母親輕易就把銀湯匙給了我，讓我在開心的同時，也覺得有些

1 風鎮為掛在字畫捲軸下方，避免字畫被風吹起的鎮石，通常將玉、石製成的鎮石以繩子打成台灣有一陣子很流行的所謂「中國結」的模樣，便利垂掛。

洩氣。原本我家從神田搬到山手時，那個抽屜就壞掉拉不開了，所以連母親都忘記那支有一段故事的銀湯匙。於是，母親一邊拿著針線工作，一邊把銀湯匙的由來說給我聽。

2

母親在生我的時候，因為難產而備受折磨，連當時很有名的產婆也放棄她，家人於是請來名喚東桂的中醫師來照顧她。不過，就算喝下醫師所配的煎藥也不見效力。脾氣暴躁的父親憤怒地責罵東桂醫師，讓他感到非常困惑，只得一邊把漢方藥書上的相關部分讀給父親聽，以證明他的配方並無錯誤，一邊等待母親生產的徵兆出現。母親就這般辛苦地把我生下來。當時困惑不已的東桂醫師，一邊以手指頭沾口水翻開一頁又一頁的藥書，一邊從藥箱裡把藥草抓出來的情景，後來成為撫育我長大、生性詼諧的大阿姨[2]經常模仿的一齣喜劇而大受歡迎。

我一生下來，身體孱弱，出生不久又飽受腫疱的病痛折磨。母親形容我「好像松果般」的醜八怪，從頭到腳都長滿腫疱，所以得繼續給東桂醫師診療。東桂醫師為阻斷腫疱進入皮下，每天都搓烏黑的藥丸和烏犀角的藥劑給我服用。聽說那時候很難用一般的湯匙將藥餵進還那麼小的孩子的嘴巴裡，所以大阿姨四處尋找才買到這支湯匙，從此每天就用它來餵我吃藥。雖然我並不知道這件事，但在不知不覺中卻對這支銀湯匙有種懷念感，也許只能說是跟這件事有關吧！聽母親說，我因為全身長滿腫疱而搔癢到無法入睡，所以母親和大阿姨輪流用裝著紅豆的米糠袋來「咚咚」地敲打身上的腫疱，等我感到舒服些才能入睡。後來我長大了，因為身體還是很孱弱而有些神經過敏，加上三天兩頭就頭痛，母親經常用米糠袋敲我的頭，所以家人總喜歡說，我的腦袋是被敲壞了。母親這般辛苦地生下我，自己身體也變得虛弱而需要有人幫忙，因此除了哺乳之外，我都是由當時剛好寄居在我家的大阿姨

2 依據作者年表，此人為作者母親的長姊，因家境困苦前來投靠。

照料。

3

聽說大阿姨的丈夫叫惣右衛門，是個身分不高的地方武士。夫妻倆為人親切卻不善於營生，在明治維新之際生活便已陷入困頓。某年，惣右衛門染上當時流行的霍亂一命嗚呼。大阿姨難以維生，只得投靠我家。原來她居住的地方，不僅是窮人，連生活過得去的人也會利用他們夫婦善良的個性，裝窮來借錢。夫妻倆不顧自己，反而常常借錢給人家，以致原本生活就貧困的他們幾乎破產，倒是那些借錢的傢伙，還在背後無情無義地譏笑道：

「他們就是太有同情心了。」

他們實在窮到無以維生，才想去向借錢的人要求還錢，但一聽對方哭訴，又非常同情人家，也跟著一起落淚，徒然無功返回家中後還直說：

「太可憐了，實在太可憐了。」

大阿姨和姨丈是一對相當迷信的夫妻。不知從什麼時候開始，他們相信白老鼠是大黑天神的使者而買了雌雄各一隻，他們稱那對白老鼠為「大福公、大福公」，每天小心翼翼地養育，結果白老鼠生下很多小老鼠。他們看見家裡到處都有小老鼠跑來跑去，還認為這是天大的喜事，一有機會動輒煮一大鍋紅豆飯或把炒豆放進一升大的容器內供養白老鼠。如此一來，原本就沒什麼財富的家裡，錢被人家借光，米缸裡的米也被大福公吃光。他們只好穿著身上那套僅有的衣服，投靠跟隨領主遠道而來的我家。不久惣右衛門因感染霍亂而過世，大阿姨成為孑然一身的寡婦。當大阿姨提起當時的情形，她總是說因為從異國來的基督徒企圖殲滅日本人，讓邪惡的狐狸在日本國內到處流竄，才會引發霍亂流行。那時候曾發生過「一霍亂」和「三霍亂」兩次大流行。惣右衛門是在「一霍亂」流行時，因感染而被送到隔離醫院。聽說被隔離在那裡的病患，一杯水都不肯給，一心一意只等待那些霍亂病患發燒後皮膚變黑而死掉。因此，病患都因為內臟燒壞而致死。

對大阿姨來說，能夠照顧我是她在世上唯一的幸福。雖然這的確是因為她沒有家，沒有孩子，又已經上了年紀，生活中沒有任何寄託的緣故。不過還有另一個原因，才使她如此全心全意照顧我。原來在距我出生的前一年，家裡曾誕生一個應該是我哥哥的男孩，但出生後不久就因急驚風而死了。當時大阿姨就像自己的兒子死去般悲哀，傷痛地哭著呼喚道：

「我希望你投胎再回來，一定要投胎再回來！」

翌年，我出生了。所以她堅信由於佛陀的慈悲，那個小男孩又投胎轉世了。這就是她無私無悔照顧我的另一個理由。雖然我全身長滿腫疱，是個非常醜陋的孩子，孤寡一身的大阿姨深信我就是佛陀回應她的祈願，從極樂世界匆匆投胎回到人間的那個死去的小男孩。因此她對我的寵愛真是非比尋常，在我四、五歲以後，每天早上大阿姨在將供品獻給列祖列宗牌位時（這對虔誠的她而言是一件很幸福的任務），經常要我坐在列祖列宗的祭壇前，讓我這個還不解文字意義的小孩念誦我哥哥的法號「一喚即應童子」。因為大阿姨深信這個法號就是我以前在極樂世界的名字。

4

我除了在家之外，每次外出總是緊緊抓住阿姨的背部，雖然她常常抱怨「腰痠啦」、「手痲啦」，不過大阿姨肯定不願讓我離開她的身上。直到五歲左右，我還很少有機會站在地上，縱使大阿姨以勒緊帶子之類的方法讓我站在地上，我仍會覺得地在搖動，心生恐懼地拚命抓住大阿姨的衣袖不放。那時我的胸前經常勒著一條淺藍色的帶子，帶子上掛著小鈴鐺和成田山新勝寺的護身符。這是大阿姨想出來的辦法，她為避免我受傷或不小心跌落河流或水中，所以為我求來護身符。另外，因為她的視力不好，看不到遠處，很害怕我跟她走散而找不到我，所以在我身上掛著小鈴鐺，希望鈴鐺聲能夠幫她立刻找到我。不過，對於一整年幾乎都趴在大阿姨背上的我來說，這個小鈴鐺與護身符根本無用武之地。我的身體過於孱弱以致智能發育太慢，情緒抑鬱寡歡，除了大阿姨外，幾乎不曾對其他人露出笑容。加上我不僅不敢說話，縱使家人有什麼問話，我也不知該如何回答，只有偶爾在心情愉快時才默默地點頭而已。怕生又沒出息的我，常常一看到陌生人，就把臉埋在大阿姨的背上哭泣。我一身瘦骨嶙峋，頭很大，眼眶凹陷，家人都叫我「光頭章魚、光頭章魚」，不過我總是將自己名字加上「坊」，口齒不清地自稱是「某某ＰＯＮ[3]」。

5

我出生於東京神田之中最具神田特色的地區，也就是火災、打架、醉漢、小偷不斷的地方。家附近殘留在我孱弱身體的腦海裡的，都是些不起眼又狹小的米店、廉價糕餅店、豆腐店、公共澡堂、木材店等矮屋子，只有家對面醫生宅邸的黑色牆壁，以及曾經是領主住過的豪宅（我家就在這個宅邸內）大門特別印象深刻。

天氣好的時候，大阿姨經常揹著我這個緊抓著她的背、好像《一千零一夜》阿拉丁故事裡的妖怪，走路到她老人家腳力堪負荷又能讓我感到愉快的地方。我家後方鄰近的小巷內有一家炒蓬萊豆[4]的工廠，那裡的工人身上刺著俱梨伽羅龍王圖案，裹著兜襠布、纏著頭布，邊唱歌邊煎豆。我害怕那群外貌有如魔鬼的男人，加上炒豆子「嘩啦嘩啦」聲彷彿魔音穿過腦子深處，所以很不喜歡那裡。每次大阿姨要去這類地方，我就會在她背上想哭，不停地扭動身體，然後默默用手指著自己想去的方向。大阿姨非常了解我這個小妖怪，立刻帶我去。

我最喜歡的地方，就是目前還被保存下來，位於神田川旁的和泉町稻荷神社。一大早，少有人跡的時候，我經常在那裡玩，諸如往河中扔石子啦，拉響好像一顆大果實般的鈴鐺啦。大阿姨會讓我坐在乾淨的石頭上或神社的石階上，然後向稻荷神禮拜。我喜歡聽她供奉神明的硬幣掉落賽錢箱時所發出的輕快響聲。她無論去拜什麼神，首先就是祈求我這個小蘿蔔頭的身體變得健壯。

3依往昔日本人習慣在男童名字加上「坊」（BOU）以示親暱，戰後台灣某些人的名字仍留有這種習慣，譬如：名喚阿榮的男童稱為「榮坊（EIBOU）」。由於作者口齒不清將BOU說為PON。

4蓬萊豆為經過煎炒後裹上紅、白色糖衣的一種小豆子。

有一天，大阿姨拉著我的腰帶，讓我緊抓著木柵眺望河川。我看見一隻白色水鳥往返水面上捕魚，牠拍打長而柔軟的翅膀、輕盈飛翔的姿態，對多病孱弱的小孩來說，真是難得的畫面，因此非常開心。忽然來了一個揹著籃子的女人，籃子內放著雞蛋和麵粉做成的點心。我一看到她，立刻緊緊抓住大阿姨的背。女人把籃子放在地上，解下頭巾擦一擦脖子上的汗水，一邊花言巧語哄騙我。就在我快從大阿姨背上下來時，她打開了籃子，吸引我。那是個好像小金幣、香噴噴的麵粉製點心，在指間轉來轉去，說道：

「小少爺，你看！小少爺，你看！」

接著把那個點心給我。大阿姨沒辦法，只好買下它。直到現在，我只要看到有人辛苦地放下以澀紙[5]糊成的籃子，籃子內有白色或薄紅色雞蛋埋藏在稻穀堆中，以及香味四溢的麵粉製點心時，總有一股情不自禁想買的衝動。那座稻荷神社，後來擴建並且變得很熱鬧，只有那棵柳樹依然隨風搖曳。

6

假如沒去稻荷神社，大阿姨就會把香油錢和入場費放進陳舊的錢包裡，帶我去一個被稱為「監獄之原」的地方。那裡原本是有名的傳馬町監獄，不過在我小時候已變成一個經常舉辦各種雜耍的地方。同時還有各式各樣的攤販，包括烤蠑螺、炒豆子、橘子水，以及玉蜀黍、烤栗子、椎實等季節性零食。在覆蓋著紅白相間帷幕的雜耍場入口，有個男人手拿梆子和寄放鞋子的號碼牌盤腿而坐，動不動就把手放在嘴邊大聲呼喊：「傳統雜耍！傳統雜耍！」那裡還故意將一隻雞放在以鐵鏈拴住的一匹狼前，讓那匹狼不停地發出嚎叫。此外，還有一個頭上有凹盤、形跡可疑的河童在水中玩耍。另有稱為「蝶螺連」[6]的表演，那是邊吹海螺號角邊以一根好像黃金棒的棍子發出刺耳聲音，一直不斷唱誦「蝶螺連、蝶螺連」而已，根本就是一

5 澀紙為將和紙多重黏糊後，塗上柿核黏液，具有防水、防腐效果。
6 此處為音譯，原文為デロレン。

種毫無趣味的表演。不過，大阿姨很喜歡這種表演，所以帶我去看過好幾次。有一天，難得出現偶戲表演，雜耍場入口有一塊看板，上面畫著一個好像出現在櫻花覆蓋的草山中的公主般的女子敲著小鼓在跳舞。我很開心地走進裡面，不料聽到一陣「咯噹咯噹」的可怕聲音後，就看到一個臉和手腳都塗成紅色的傢伙，穿著歪七扭八的布條一躍而衝出來。我嚇得放聲大哭。聽說那是有名的淨琉璃戲曲《義經千本櫻》中的一個角色「狐忠信」。

我喜歡的雜耍之一，就是鴕鳥跟人類的相撲。那是一個以布巾纏頭、戴著劍術護胸的男子，像一隻充滿鬥志的鳥兒般活蹦亂跳往鴕鳥猛衝過去，卻被兇猛易怒的鴕鳥一腳踢開。時而鴕鳥被男子壓住脖子而戰敗，時而男子被鴕鳥踢開，邊喊「我輸了！我輸了！」邊拚命逃跑。與此同時，在旁邊輪替的人員剛好正在吃便當，沒看到另一隻鴕鳥已經悄悄地晃過來，一副想要吃下便當的樣子。男子匆匆閃開的瞬間實在太滑稽，於是引起觀眾哄堂大笑。不過大阿姨卻說：「鴕鳥餓了卻不能吃飯，真是好可憐！」並且掉下眼淚。

7

我這種人出生在神田這種地方，簡直比河童出生在沙漠裡還更不適合。我家附近的小孩都是未來的神田人，因此都非常頑皮又愛搗蛋。不僅排斥我這個沒出息的傢伙，只要一逮到機會，就想欺負我。尤其對面襪子店的兒子，他總是趁大阿姨不注意的時候，突然從背後跑過來，往我臉頰打下去後一溜煙就逃走，讓我恐懼到連個性也變得很消極。我在家的時候，大阿姨會讓我抓住格子木條，站在面向街道的窗戶，然後她從背後抱著我，教我一一認識從眼前經過的馬啦、車子啦，或其他看到的事物的名稱。我家對面的米店飼養的一隻雞，不幸被一輛車子撞到而瘸腳，甚至翅膀與尾椎的羽毛也滿是塵土，狼狽不堪。大阿姨每次看到牠就說牠很可憐，我卻很不喜歡看到牠。我通常都在那間擺有列祖列宗牌位祭壇、讓人覺得有些陰森森的三張榻榻米大的房間裡玩耍，一到晚上那裡就成為我的寢室，有時候也會成為姊姊們讀書的房間。我記得當時還是小學生，大約十二、三歲的兩個姊姊，從好像西式封套的書包裡拿出已經陳舊到成為黑色的書法用紙，鋪在舊書桌上練習書法。那兩張書桌的其中之一長約三尺、有兩個抽屜。由於抽屜的拉把已經不見，所以便用一根包著紙的毛筆桿來代替。另一張書桌則很小，小到只有小孩的膝蓋才伸得進書桌下的空隙；抽屜也很小。這些書桌從哥哥轉讓給姊姊，再從我轉讓給妹妹，就這樣被我們使用了幾十年。大阿姨也曾讓我踏在書桌上，從面向庭院的窗戶看出去；我看到種在黑色牆壁旁的那棵杜鵑花，每當夏天，鮮紅色的花一齊盛開，有時會有來自市內的蝴蝶飛來吃花蜜。當我在欣賞那些蝴蝶飛快地舞動翅膀時，大阿姨就會探頭在我肩膀上說，那隻黑蝴蝶是山家的老爺爺，白色或黃色的則是公主，公主很可愛，但老爺爺揮動黑色大翅膀飛來飛去的樣子好可怕。此外，大阿姨也會從一個以宣紙精心黏糊的籃子裡拿出各種玩具給我玩。眾多玩具中，我最喜愛的就是在路旁水溝裡撿回來的一隻黑色土製小狗玩偶，因為我覺得它的表情很溫柔。大阿姨常常叫它「犬神君」，還把它放在用空箱做成的神殿內，然後故意在我面前祭拜，希望我也跟著拜它。另外還有一個丑紅[7]所附的粗製牛玩偶也是我所喜愛的玩具。這兩件玩具是我在這世上最好的朋友。

8

除了那些玩具外，我家還有刀、長刀、弓、步槍等各式各樣的兵器。大阿姨為我戴上烏帽子，佩上短刀，把我打扮得好像一名武士，然後她在自己的頭上綁著頭巾，拿著長刀。我們各自站在長廊的兩端，開始玩起打仗的遊戲。當我們準備好，便很嚴肅地擺出架勢，然後一步步走向對方。在走廊中央彼此相遇的瞬間，我問對方：

「來者可是四王天[8]？」

敵人回道：

7丑紅為寒中丑日所購買的口紅，據說可防止嘴唇乾裂。有些店家會附上素燒泥牛作為贈品。
8日本戰國時代，德川家康旗下的四名勇將。

「來者可是清正？」

然後我們異口同聲說：

「我們終於碰面了。」

在這一瞬間，同時口中模仿歌舞伎的拍子，相互叫喊：

「呀！噠咯噠咯噠咯噠咯。」

暫時勢均力敵、難分勝負。這是歌舞伎「山崎合戰」的一個場景，我扮演加藤清正，大阿姨扮演四王天但馬守。不久，我們扔下武器，扭打成一團。經過激烈的格鬥後，四王天發現清正已經有些累，趕緊露出非常無可奈何的表情，哀號道：

「我完了！」

然後突然昏倒在地。我洋洋得意地騎在大阿姨的身上壓住她，大阿姨汗流浹背，被我壓倒在地，凜然說道：

「不必上綁！直接斬首吧！」

好一個有骨氣的四王天！於是，扮演清正的我就以那把佩刀往大阿姨滿是皺紋的脖子咯咊咯咊地砍，扮演四王天的大阿姨則皺著眉頭、強忍痛苦，忽然眼睛一閉就死了。我們通常玩到這個場景就結束，不過遇到雨天時，我們經常反覆七、八次都在玩這種遊戲，搞得大阿姨疲憊不堪，最後以一種哭聲說：

「太累了！我很累了。」

雖然她很想停下來，卻仍繼續扮演四王天到我想結束為止。大阿姨曾經累到被我斬斷脖子後就站不起來。我以為她真的死了，覺得很害怕而不斷搖晃她。

9

每當神田明神廟會時，由於地理位置的緣故，我家附近一帶非常熱鬧。街町的年輕人為家家戶戶裝飾紅白色紙花，也掛上印有巴紋及日之丸的燈籠。他們當然也

9日本戰國時代，豐臣秀吉的家臣加藤清正。

在我家門口裝飾紙花、掛上提燈，讓我感到很開心。這一天，有些店家會在店內鋪上毛氈，擺上四神劍[10]，恭恭敬敬地把兩個木偶頭請到祭壇上，再供上敬神的大酒瓶，酒瓶口通常立著一張捲得好像削竹形狀的奉書紙。同時，還會有一隻銀色眼珠的金獅子，祂的頭頂有一顆寶珠，另有一隻大紅色狛犬的金色眼珠則閃閃發亮[11]，祂的鬃毛散亂。大阿姨以自己對待犬神君和玩偶牛的友好態度對待這隻獅子與狛犬，所以祂們那可怕的臉也不至於讓我嚇到哭出來。從穿著同個樣式浴衣的街町年輕人，到剛學會走路的小孩，都以頭巾纏著頭、在額頭上方打一個結，還在肩上斜披著鵝黃色的窄麻布條（我很喜歡看那條裝飾著鈴鐺或不倒翁的窄麻布條），腳上穿著白色的日式短布襪，露出矯健的腳脛，扛著盡可能做大的萬燈[12]搖搖晃晃地四處遊行。家家戶戶門口掛的燈籠和人們手中的燈籠裡，都有燭光在閃爍，分別染上白色和紅色的一大片萬燈，在最頂端繫著很多祭神的驅邪紙幡旗。當萬燈搖動時，那些祭神的驅邪紙幡旗在空中旋轉的樣子，讓我感到非常暢快。各街町的要道都有一群大、小男孩聚集，圍繞著以酒樽做成的簡易神轎，準備跟其他街町來撞轎。大阿姨最喜歡看撞轎了，所以她先把我打扮得跟其他披窄布條、纏頭布的孩子一樣，然後帶我去看熱鬧。我在她背上把衣服下襬撩起來，露出紅法蘭絨的細筒褲，把長袖兜夾進窄布條下，手握小萬燈。有一個站在以酒樽做的神轎旁的頑童看見我這個樣子，便說：

「可惡！你們看！這傢伙竟然在女人背上搖萬燈。」

說罷拿起兩、三顆石頭往我身上扔。大阿姨見狀擔心地說：

「他體弱多病，不要這樣欺負人家。」

說罷轉頭就想趕快回家。但有兩、三個頑童還緊追不捨，為了要把我拉下來而用力抓我的腳。我緊緊抱著大阿姨的脖子，放聲大哭。大阿姨一邊試著鬆開抱住她脖子的手，一邊說：

10 四神劍，指繫有畫有青龍、白虎、朱雀、玄武旗子的劍。
11 一種非現實世界的動物，為守護神明的「差使」，外觀看起來像獅子或是狗。
12 慶典上裝飾著眾多燈籠的牌柱。

「對不起！對不起！」

當我們逃回家後，心情比較平復時，我才發現大阿姨給我的小萬燈與木屐都不見了。我感到非常不捨，因為那雙淺黃色細繩木屐是我的最愛。

10

我的身體孱弱又多病，總是離不開吃藥看醫生，還好不久那個經常開烏犀角處方給我喝的東桂醫生過世了，所以我就轉給西醫高坂醫師看。他用西藥把東桂醫師竭盡心力卻治不好的腫疱給治好了。高坂醫師的臉看起來很可怕，卻很擅長逗小孩開心。原本我總是很不情願吞下東桂醫師那難以下嚥的藥丸，從此以後，我變得高高興興地喝下那甜甜的藥水。不久，因為高坂醫師建議我們應該搬到空氣清新的山手地區，對我和母親的身體健康一定會有很大的幫助，加上父親在領主那邊的工作剛好告一段落，所以決定辭職，舉家搬到小石川附近的山丘住家。

搬家當天，大家都殷切告訴我，這將是我們在這裡的最後一天了。不過，我看到一大堆人進進出出在幫我們搬家的熱鬧情形，覺得很開心。我跟大阿姨一起坐在人力車上，跟著其他人坐的人力車隊開始移動的情況讓我更是開心極了，所以我與奮地嘰嘰喳喳說個不停。不久，車子經過的景色越來越荒涼，後來我們爬上紅土坡道（我從來不曾看過坡道），終於抵達我們的新家了。那是一棟被杉樹圍籬環繞的老舊住宅。

11

這一帶的居民住在杉樹圍籬環繞的寧靜舊屋子裡，大部分居民都是從江戶時代就代代相傳，一直住在這裡的士族。雖然世情流轉，變得比較沒落，卻還不至於窮困潦倒，過著平靜又簡樸的生活。由於這裡地處偏僻，加上住家也不多，所以不僅是每張臉，就連別人家裡的事情，彼此也都互相知悉。在破舊而未整修的杉樹圍籬內，通常會有種植果樹的空地，或是房屋和房屋之間會有旱田、小茶園等，這些都成為兒童和小鳥最喜歡玩耍的地方。無論是旱田、樹園籬，還是小茶園，我看到這些地方總是感到非常有趣又開心。由於我們家打算在一塊相當大的空地上蓋一棟新房子，所以只好暫時住在空地旁的一間舊屋裡。昏暗陰森的正門旁有一棵虎皮楠木，我喜歡那棵樹的葉子和紅色的樹幹；我常常摘下那光滑的葉子，把它貼在自己的嘴唇或放在臉頰上摩擦。搬家翌日，有人抓到一隻蟬放在現有的鳥籠裡送給我，因為我沒看過蟬，也不曾聽過蟬鳴，所以覺得非常有趣，可是當我一靠近時，牠活蹦亂跳的樣子又讓我感到恐懼。

每天我都很早就起床，赤腳走在雜草叢生的空地上。光是要記那些薺菜、莎草等雜草的名字也挺累人。當時年近八十的祖母，在頭髮已稀疏的頭上綁了條頭巾，拄著手杖，跟我一起踩在被朝露沾濕的草地上。祖母把一顆外殼看起來很不錯、內有三粒果實的栗子埋在屋後的樹園籬旁，說是等孫子們長大後一定可以吃到長出來的栗子。祖母過世後，我們非常珍惜那棵栗子樹，將它稱之為「祖母的栗子樹」。

現在三棵栗子樹都長大了，每到秋天，孫子們總能採收幾竹簍的栗子給自己的孩子們吃。

不久，房子開始蓋起來了。我被大阿姨揹著，提心吊膽地去看被拴在樹圍籬那些搬運木材的牛和馬。馬從大鼻孔呼著好像棍子般長的氣息，猛吃杉樹的葉子，牛有時候會打嗝，嘴巴裡發出聲音嚼個不停。比起那臉很長又不穩重的馬，我喜歡總是舔著嘴唇、行止穩重、圓形臉的牛。蓋房子的工地裡，有很多鑿子、大小斧頭等工具發出各種聲音，讓我這個病人的心情更加沉重。工匠中有一個名為阿定的人，個性很溫和，我站在他身邊看他用鉋子削木材。當鉋花穿過鉋子快速捲起而掉落在地上時，每次他都會撿起最漂亮的鉋花給我。我甚至把看起來很新鮮的杉木或檜木鉋花放進嘴裡吃，覺得那滋味連舌頭和臉頰都能感覺到它的鮮美。每當我用雙手捧起一大堆鉋花而掉落時，那種癢癢的感覺總讓我非常愉快。阿定常常在其他人回家後還留下來工作，然後雙手拍出悅耳的聲音向月亮禮拜。雖然我很喜歡跟在他身邊看他工作、拜月亮，不過其他工匠都說他是一個「古怪的人」，還說這傢伙一定會早死。每天收工後，我環視整理得乾乾淨淨的工地，聽不見大夥的喧鬧聲，寂靜的暮靄低垂，直到聽到家人在呼喊我的名字，我才依依不捨地離開工地，期待明天早上再來這裡。每天我都這樣去看我們家新房子的工程進度，充分嗅聞木材的香味而感到心曠神怡，真是不可思議。

12

我家南側隔著小茶園，有一座叫作少林寺的禪寺。寺院內寬敞，篤信宗教的大阿姨很喜歡禪寺，所以常常帶我去那裡。寺院的大門到廟門約有三十六公尺的距離，鋪著兩條長長的石板路，石板路的兩旁是無人照料的茶園，其間還矗立幾棵杉樹之類。大阿姨總會摘下茶花給我。由於茶樹的樹枝很脆弱，雖然只想摘一朵，但其他的花朵很容易跟著掉落在地。雨後的茶樹或茶花上有很多雨露閃閃發亮。雖然茶花並沒什麼稀奇，卻有些古雅，挺適合用來回憶童年的歲月。那是一種白色花瓣輕輕地環繞著黃色花蕊，綻放在深綠色捲曲葉子的上方。我習慣把茶花貼在鼻子上聞一聞它所散發出來的香氣。石板路的左側有一口井，井邊有一棵桂花樹。桂花盛開時，風中飄著甜甜的香氣。有人在打井水時，滑車所發出的咯吱咯吱響音，連在家裡的我都聽得到。寺院主殿玄關大屏風上有兩隻色彩絢麗的孔雀，雄孔雀低垂著好似蓑衣的尾巴，不知駐足在什麼之上，一旁則是體型稍小的雌孔雀在啄食。牠們身旁有很多盛開的牡丹花，還有幾隻蝴蝶在花上飛舞。

大阿姨也經常帶我去住家附近的大日如來佛寺院祭拜。我拉著捻搓的大粗繩子打響扁鼓，大阿姨則獻上香油錢、拜拜。她為祈求我的腦病痊癒，交替撫摩我的頭和賓頭盧[13]的頭，又摸摸她自己的眼睛。賓頭盧露出被信眾撫摩得光光滑滑的腿，睜大眼睛，以打坐的姿勢坐在寶座上。其實，那座寺院就像其他各處可見的寺院般，

13賓頭盧為釋迦牟尼的弟子，十八羅漢之一。

有一口掛著信眾奉獻的茶紅色或花色手巾的井。井水上浮著好像故事書中阿波鳴戶的阿鶴[14]所用的那種薄木板做成的長把勺子。大阿姨舀起井水，恭恭敬敬地放在手上，以水洗一下自己的眼睛，再睜開她的瞇瞇眼，說道：

「因為大日如來佛的保佑，我覺得自己的眼睛比較好些了。」

聽說大日如來佛的籤詩非常靈驗，所以很多信眾千里迢迢前來朝聖。有一天，大阿姨打算抽籤詢問我的病到底會不會痊癒，她走到寺院一處被拉門隔開的地方，對裡頭說道：

「拜託您了。」

「請。」

一位剃髮的年輕僧侶現身，大阿姨對他說明原由，並且拜託對方為她抽一支籤。那位僧侶走到大日如來佛尊前，口中念念有詞一陣子後，便很有節奏地搖了籤筒幾次，從中抽出一支籤，詳細解說內容給她聽。大阿姨看不懂「四角文字[15]」，那位年輕的僧侶便把籤詩一句一句解說給她聽。根據僧侶的說法，這個孩子將來一定會恢復健康，過著幸福的日子。所以我也很高興，帶著愉快的心情回家了。

13

距離我家約一百公尺，有一處很冷清的地方。那是一塊被木槿樹籬圍繞的空地，有一對賣糖果餅乾的老夫婦在那裡養了五、六隻雞。因為那種用稻草蓋成的屋頂、破舊的土牆、發出嘎嘎聲的吊桶等，我從未看過，所以跟大阿姨一起去那裡買糖果餅乾，是我最開心的事情之一。老夫婦患有重聽，經常聽不到我們的喊叫聲。總要大呼小叫好多次，他們才走過來把放置糖果餅乾的箱子打開，有金華糖、金玉糖、天門糖、棒棒糖等。如果把竹葉羊羹含在嘴裡，竹葉的香氣就會瀰漫整個嘴巴，滑

14 阿波鳴戶的阿鶴，指淨琉璃《傾城阿波之鳴門》中尋親的阿鶴。
15 指漢字。
16 御多福原意為胖嘟嘟醜女的別稱，象徵圓滿、幸福。此處則是一種傳統的糖貽。

溜的羊羹則溶在舌頭上。有的糖果還會有御多福[16]的圖像，有哭的模樣，也有笑的模樣，那些哭臉、笑臉朝向各種不同的方向，隨我愛吃哪一個就吃哪一個。還有當我把那種有藍條紋和紅條紋的糖果咬斷時，一股甜甜的香氣就從中間的小洞擴散在我的嘴巴裡。我最愛一種叫作肉桂棒的零嘴，那是把肉桂粉撒在一根平滑的長棒上，很甜又有一股讓人興奮的肉桂香。有一天下大雨，我突然覺得那對老夫婦很可憐，同時產生一股極想吃肉桂棒的慾望，便不斷吵著要大阿姨帶我去買。大阿姨被吵得沒辦法，只好揹著我到那家廉價糖果餅乾鋪。不過很可惜，那天剛好沒有肉桂棒，我非常失望地哭著回家。每當我乖乖喝下牛奶，或一整天都沒有哭鬧而開心玩樂的時候，大阿姨便會買一個附有玩具的酥脆餅乾給我。那是一種做成桃子或文蛤形狀，染上紅、白色的酥脆餅乾。我在大阿姨的背上很開心地搖晃著餅乾回家，一回到家就趕緊把它打碎，餅乾裡頭會出現諸如紙製小鼓啦、馬口鐵製笛子啦。對我來說，這些都是我珍愛的寶物。也有做成三角形的土色酥脆餅乾，接縫處就以戲劇演員的肖像來覆蓋。

14

我天生體質虛弱，加上運動不足，所以經常消化不良。我好像一隻蜂王般，得要有人把食物放進我的嘴巴，才願意動口去咀嚼。真不知大阿姨為此有多麼勞心勞力啊！有時候，大阿姨把飯糰放入裝羊羹的空箱裡，假裝跟我一起去伊勢神宮朝拜。我們在庭院裡的假山周圍轉過幾圈後，站在石燈籠前拍手拜一拜，才坐在一棵松樹下的石頭上吃便當。還有一次跟妹妹以及她的奶媽一起去開滿宵待草花的原野上吃海苔捲飯。我們坐在杉樹、朴樹、櫸樹等大樹林立的懸崖上，邊眺望美麗的富士山、箱根山、足柄山等，邊抱著跟平日不同的心情，開心地吃午餐。不過，只要有人恰巧走過來，我就立刻不肯吃飯，吵著要回家。那時候，所有生物當中，我最討厭的就是人類，因此彆扭的我當然吃什麼都不開心。大阿姨為了讓我開心地吃東西，總是絞盡腦汁用她那如簧之舌引起我對食物的興趣。我之所以喜歡吃文蛤佃煮，是因為大阿姨讓我想像那隻可愛的文蛤在海龍宮的乙姬公主面前露出舌頭爬走的場景；我之所以喜歡吃竹筍，是因為大阿姨把中國二十四孝的孟宗竹故事講得趣味盎然。每當把胖嘟嘟的竹筍洗淨時，沿著根部的竹節，就會出現短短的根和一群紫色疣子，透過陽光還可看見外皮上有金色細毛，背面則有好似象牙般的白線浮現。我常常把大的竹筍外皮拿來當帽子，把小的外皮去掉細毛後當作裝酸梅的容器。放進酸梅的外皮，一會兒就會染成紅色，酸汁也會滲出來。寒竹也是我喜歡的食物之一。大阿姨用土鍋煮竹筍煮得咕嚕咕嚕響，並且以筷子挾起正在翻滾的竹筍，露出好好吃的表情來試味道。那種模樣讓我這隻蜂王情不自禁地流口水。有時，我故意撒嬌而不用筷子。每次我這麼做的時候，大阿姨就會把色彩繽紛的小碗貼近我的嘴唇。

「小麻雀來了，小麻雀來了。」

她邊說邊餵我吃飯。我喜歡吃鯛魚，因為牠的外表很漂亮，頭部有七個一組的工具，還有通常牠都是被惠比須神[17]抱著，所以讓人一看就很開心。鯛魚的眼珠很好吃，眼珠表面鬆軟易碎，核心卻很柔韌，咬也咬不斷。所以我喜歡把眼珠吐出來，看著變成半透明的眼珠掉落在碟子上。鯛魚的牙齒是白色的，這也是我喜歡吃鯛魚的理由。

15

當時有一個名喚〇〇的瘋子。據那些住在當地很久的人說，他年輕的時候對學問很感興趣，每天書不離手地猛讀，自傲自大到後來就發瘋了。他的頭髮蓬亂，好像被苔蘚覆蓋般滿身都是污垢與煤煙味，穿著一身到處都是燒焦痕跡的破布衣。無論夏天或冬天，他總是拄著一根竹手杖，光著腳丫子默默地四處徘徊，好像在思考什麼。老鄰居覺得他很可憐，送飯糰給他時，他就像一個托缽僧般恭恭敬敬地接受後拿回家去。但有人送他衣服時，他卻只勉強穿個一、兩天，不久又穿回那件破布

17 惠比須為日本七福神之一，常見的形象為戴烏帽，一手持釣竿、一手抱鯛魚。

衣。他所住的地方是在距離我家約兩百二十公尺的一個農家附近，他自己親手挖的一個洞穴，一年到頭都在裡面點篝火。他隨心所欲外出，甚至隨心所欲走到很遠的地方，等厭煩後，又跑回來。無論雨天或颳風，他總是四處徘徊。因此假如一整天都沒看到他的話，大家都會認為那一天他可能心情不愉快吧。但假如三、四天都沒看到他的影子，大家就會認為他可能生病了。有一件很奇怪的事，就是每次他在路上看到女人時，都會後退兩、三步，並且露出厭惡的表情，還會向女人吐口水。大阿姨是個有潔癖的人，所以從她第一次看到他以來，她就很討厭他的體臭，比他後退兩、三步還要匆忙地跑走。有一天，她帶我去老夫婦的糖果餅乾鋪時，恰巧碰到他。大阿姨實在受不了而對他說：

「我給你五錢，拜託你去把臉洗一洗。」

說著就從腰帶間把錢包拿出來。這讓〇〇感到非常吃驚而停下腳步，但他還是露出極其厭惡的表情猛搖頭，連吐口水都忘了，就趕緊跑回去。這個瘋子直到我長大、能夠調皮搗蛋時都還活著，不過有一天，我聽人家說他被燒死了。我提心吊膽地跑去看他所住的那個洞穴，只看到沒有被燒掉的那根竹手杖和木柴，卻沒看到他。

16

大阿姨為了讓我玩「果子朝哪個方向」的遊戲，會把白玉山茶花的果子扔給我，不過因為她的視力不好，力氣也不夠，常常摘不到果子，只扔些枝葉給我而已。所謂「果子朝哪個方向」，是我們家鄉特有的遊戲，首先選擇幾顆同一形狀的山茶花種子，然後每人拿出相同數目的種子混在一起，再一個個輪流以雙手包握它們搖一搖，撒出去，這時多少顆種子的白色芽向上，是這個遊戲的要點。白色芽向上的種子最多的人就是贏家，可以把其他人拿出來的種子全部收走。這個遊戲是否會贏的關鍵在於種子的形狀與重心，聽說有人會將種子塗漆，還有人為了打敗對手，很狡猾地把鉛點進種子裡。當我們撿起種子，把外殼打碎時，會看見裡頭有很像船形或哨箭形、表面光滑的東西黏在一起。大家通常會依它們的形態而稱之為「MOU」、

「ZYAA」、「TOKO」、「KAI」等。我曾經收集過五、六十顆種子，在寂靜的雨天玩一整天這種遊戲。

一到夏天，大阿姨看到各種不同形狀的雲朵在陽光燦爛的天空中慢慢飄動時，就會告訴我：「這朵雲是文殊菩薩。」「那朵雲是普賢菩薩。」並且煞有介事地解說給我聽。有一天，我玩得很累，一個人躺在家裡眺望那些好像在保護我的菩薩般的雲朵在天空中飄動，其中一朵像觀世音菩薩橫臥般的浮雲，突然變成可怕的形狀，我認為那是妖怪假裝觀世音菩薩要來吃我，趕緊逃走躲在大阿姨身邊。後來，我都稱那種形狀的雲為「死觀世音」，只要一看到，就會趕緊躲進家裡頭。

玩具箱裡除有山崎戰役所用的武器外，還有其他玩具，其中鼓與笙是我所珍藏的寶物。笙的笙斗塗著黑漆，上方以泥金描繪有蔓草的蒔繪，而排成圓形的長短笙管會發出不同的輕快聲音，讓我這種神經虛弱的人感到很舒服。鼓則很適合擺在我小小的肩膀上，我很喜歡它緋紅色的調音繩和有趣的形狀。大阿姨對於自己感興趣的事物都想玩看看，所以她就讓別人打小鼓、自己打大鼓來合奏。我家裡還有一把做成兔子手掌形狀的白刷子、被魚刺扎到時可以舒緩喉嚨的鶴嘴巴，以及可以調整釘帽的黃銅槌子等。比較小的物品都放在有很多抽屜的衣櫥內，標示「○○抽屜」的抽屜裡。不過，我從來都不想要玩那些東西，儘管大阿姨一個個拿出來給我看，我卻絲毫不感興趣，又哭又鬧地猛搖頭。只有在看到那隻犬神君和玩偶牛時，我才會覺得開心。每次我一不開心，無論拿到什麼東西，順手就扔出去。一碰到這種情況，大阿姨也不會生氣，反倒擔心我是不是哪裡不舒服。她一定趕緊用手確認我是否發燒，如果發現我發燒了，便會立刻帶我去看醫生。因為我不喜歡看醫生，每次她用手確認我的體溫時，我馬上就變得很乖順。一到菊花盛開的季節，大阿姨會告訴我：

「我要用菊花做毛氈給你，你要乖乖聽話喔！」

然後就到旱田裡摘菊花做菊花毛氈給我。那是先鋪一張紙，再將各種菊花的花瓣放在紙上擺成類似阿拉伯式的圖案，然後稍微壓一壓，就會散發出芬芳的花香。我非常喜愛菊花毛氈。

有時候，我會從裝滿書的書箱裡，抓出一本又一本的故事書，讓很有耐心的大阿姨讀給我聽。當我被責備而哭著鬧脾氣時，縱使大阿姨過來安慰我，也會讓我感到不開心，因為我只想躺在房間的角落看故事書或玩玩具來安慰自己。每當遇到這種時候，雖然那些犬神君、牛、槌子，以及故事書裡的公主都不會說話，我卻認為他們都正在很溫柔地安慰我。不過，我一旦停止哭泣，又會覺得很委屈，眼淚一邊撲簌簌地掉下來，一邊試圖說服自己：

「反正我有這麼多同伴就好。」

其實我心中卻又很在意地埋怨所有人。

17

晚上，家人聚集在起居室，我就拿著玩具在一旁玩耍。當我想睡覺時就會鬧情緒，所以大阿姨看到我在揉眼睛，並且露出不高興的模樣，便會對我說：

「好想睡覺了喔。」

說完把散落一地的玩具整理好，然後壓住我的脖子，幾乎是強迫我對大家說：「晚安！」我立刻不滿地邊大聲叫道：「我不想睡，不想睡。」邊被大阿姨帶進臥室。每次我都被大阿姨抱著睡覺，妹妹則是被奶媽抱著睡覺。天黑不久，臥室裡就會點上罩燈、鋪好被褥，所以任何時刻，只要我想睡覺而開始鬧脾氣，就隨時可以去睡覺。冬天時，大阿姨會把幾件睡衣疊在一起掛在腳爐上方，溫到幾乎要產生蒸氣，然後她總是以很誇張的動作把很燙的睡衣吹涼，才幫我這個瘦巴巴的小蘿蔔頭穿上。我記得有條被子上有菊花圖案，另一條被子則好像是進口貨，葡萄色的印花布上繡著一隻頭部很像菊花的小鳥與樹枝等圖案。被子總是散發陽光的氣味，我很喜歡那種味道，所以我常常把臉貼在曬得鼓鼓的被子上，嗅聞那個氣味。

因為我不喜歡罩燈的昏暗燈光，所以大阿姨讓我躲進被窩後，會從罩燈的抽屜裡拿出新燈芯來，接上罩燈的燈芯，再把新燈芯的頂端沾一點燈油，放在浸泡於燈油盤的燈芯旁邊，讓它產生火花，新燈芯也跟著點燃，接著提心吊膽地把燈油盤的燈芯放入燈油裡，舉起燈油罐把米黃色的燈油注入燈油盤。我還記得當燈油滲透到鬆軟燈芯時的模樣，還有固定燈芯的用具形狀、燈油燃燒的香味等。我非常不喜歡看到燈油裡有黑色蟲屍，或黏在燈油盤邊沒燒盡的燈芯，所以大阿姨每天都會更換燈油，以破舊的小刀把沒燒盡的燈芯用力削去。對我這個膽小的孩子來說，罩燈有點可怕。躲在被窩裡因睡意朦朧，紡錘狀燈芯上的火焰看起來很像一隻細長的眼睛。有時候，大阿姨為了把火撥得更旺些，把臉埋在燈罩裡。差點就把鼻頭烤焦的大阿姨的影子，在燈罩上會產生巨大的投影，讓我很害怕會不會是什麼妖魔鬼怪假裝成大阿姨。大阿姨經常一邊把火柴收進抽屜裡，一邊口誦阿彌陀佛，為撲火而亡的飛蛾等超生。有時候，我害怕燈光照不到的天花板上藏有妖魔鬼怪而睡不著，這時大阿姨就會說：

「哎喲！」

然後把罩燈拿起來，往天花板照去，說：

「什麼都沒有，什麼妖魔鬼怪都沒有喔！」

她都這樣做好讓我不產生恐懼。那時候，我認為妖魔鬼怪都是長髮飄飄、藏身在漆黑中。大阿姨常常對我說：

「半夜裡，如果你感到害怕的話，記得要叫我。我很厲害，妖魔鬼怪一看到我，全部都會逃之夭夭。」

說完後，大阿姨還會講很多故事讓我邊聽邊睡覺。雖然她看不懂「四角形文字」，卻有驚人的記憶力，腦子裡裝滿層出不窮的故事。而且當她講故事時，還很善於將記不清楚的部分隨性以自己的想像力填補，講得天花亂墜，加上她還能以不同的表情和聲音扮演武士或公主，即使是妖魔鬼怪，她的表情聲音也惟妙惟肖，在昏暗的燈光下，還真像妖怪呢！

18

大阿姨說給我聽的故事當中，我覺得最悲哀的莫過於講述死去的孩子在冥河的河灘上，以小石頭堆成塔的故事，與戲曲的「義經千本櫻」。大阿姨以哀傷的聲調唱出有名的巡禮歌的其中一段，然後解釋給我聽。當時我自然還沒辦法理解那個故事的深意。故事的內容大概是：孩子在胎內給母親帶來許多辛苦，卻在小時候就死去而無法報答母恩；這些早夭的孩子在荒涼的冥河河灘上以小石頭堆成塔來贖罪，可是魔鬼跑出來用鐵棒破壞石塔，並且迫害孩子。心懷慈悲的地藏菩薩實在看不下去，遂現身讓孩子躲在祂的衣裳裡。每次我聽這個故事，總會產生一種幾乎無法呼吸的鬱卒感，想到那個可憐孩子的境遇，忍不住哽咽起來。這時大阿姨會撫摸我的背，安慰道：

「別擔心！地藏菩薩會保護他。」

其實，一說到地藏菩薩，我所能想到的就是手拿錫杖佇立路旁的石佛。

由於我被懷有如佛陀般慈悲心的大阿姨所撫育，小時候的我總是分不清飛禽走獸和人類的差別。因此母親被剝了皮毛，留下可憐小狐狸的故事，經常讓我悲傷不已。聽說那隻被剝皮的白狐，不斷哀鳴著：「我想念孩子、我想念孩子」。這是我聽過三個有關鼓的故事當中，最悲傷的一個。那並不是被神秘雲朵覆蓋而來自天空之鼓的故事，也不是一個冷漠的人以綾布製成無聲鼓的故事，而是以棲息於大和國某平原的一隻狐狸的皮製成的鼓，那是發自親情、思念孩子心聲的故事。直至現在我一聽到這個故事，仍能激起我小時候所感受到的那種哀傷。

大阿姨把百人一首背得滾瓜爛熟，每晚她總是讓我躲在被窩裡，以她那令人感傷的獨特聲調，很有耐心地一句一句教我背誦一、兩首和歌。大阿姨先念一句：

「離別而去，」

然後，我跟著念道：

「離別而去，」

「成長於，」

「成長於，」

「因幡山之山峰。」

「因幡山之山峰。」

我跟著這樣念，不知不覺就睡著了。每當我很快就背起來的時候，大阿姨便會對我說：

「明天會給你獎品喔！現在趕快睡覺。」

說完便輕輕拍著我的背讓我入睡。大阿姨認為我一下子就能夠記住和歌很了不起，翌日會驕傲地對母親等人說：

「昨晚，他一下子就背了兩首和歌。」

雖然我不是很了解每一首和歌的含義，卻用已經認識的詞句去想像和歌中的意義，特別是透過大阿姨的聲調，更讓我感興趣。當時，我有一套老舊的百人一首的紙牌，每張紙牌上都有和歌的詞句和相關場景的插圖。雖然老舊紙牌的狀態很不好，約莫還看得出松樹上的積雪、佇立在楓樹下的一隻鹿等。另外，我還有一本百人一首的小冊子。我對於和歌的好惡，取決於紙牌上看到的和歌作者的儀表或容貌。我喜歡的和歌有〈末松山之歌〉、〈淡路島之歌〉、〈大江山之歌〉等。〈末松山之歌〉帶給我一種溫柔而難以言傳的寂寞，紙牌上的插圖則是美麗的波浪湧上松樹之濱的情景。〈淡路島之歌〉令我忍不住想落淚；一條扁舟行走於海上，一群鳥飛去。〈大江山之歌〉總讓我想起故事書上所讀到，有位美麗的公主被惡魔強行帶到深山的故事。我非常討厭僧正遍照、前大僧正行尊等這些滿臉都是皺紋的僧侶，只有「蟬丸」這個和尚的名字讓我覺得很可愛。

19

雪夜裡，大阿姨一邊翻攪腳爐的煤球，一邊說起穿著白色衣裳的雪人悄悄站在門外之類的故事，讓我感到害怕。酷熱的季節裡，大阿姨會用團扇幫難以入睡的我搧風。我對團扇上的圖案有強烈的喜惡，只有在她用我喜歡的圖案的團扇為我搧風時，我才會很快就睡著。在散發香味的蚊帳裡，我聽到蚊帳外有蚊子嗡嗡嗡飛來飛去的惡作劇聲音，與一隻貓頭鷹飛到鄰近寺院鳴叫，這時大阿姨就會說：

「咕咕鳥是壞蛋鳥，每當牠鳴叫一次，就會吐出一千隻蚊子，所以明天一定會有很多蚊子。」

涼風習習的季節裡，蟋蟀開始鳴叫了。有一天，我想養蟋蟀，便把牠們放進捕捉螢火蟲的小籠子裡，結果只聽到牠們叫兩、三次，之後就不再叫了。我靜靜地看著牠們，發現牠們竟然把羅紗做成的籠子咬破而逃跑。雖然當時我只是一個小孩子，但蟋蟀的叫聲常常引發我感受到秋天的哀愁。大阿姨說蟋蟀的叫聲是「天冷了，補舊衣」，不過奶媽對妹妹說蟋蟀的叫聲是「喝ㄋㄟㄋㄟ、喝ㄋㄟㄋㄟ，喝了ㄋㄟㄋㄟ就咬你」。

有時候，我很早便醒來，就會聽到棲息於少林寺羅漢松樹上的烏鴉嘎嘎叫，不過大阿姨說：

「現在只是烏鴉第一次叫，你應該再多睡一會兒。」

於是試著讓我再睡一會兒。大阿姨一直等到烏鴉第三次叫，才會把我叫醒。她都是這樣讓我有充分的睡眠。

傍晚，很多麻雀飛到我的臥室外面，停佇在珊瑚樹上準備過夜。麻雀搖著頭磨嘴或爭先恐後啄樹枝，嘰嘰喳喳吵個不停。日落後，天光漸漸消失，最後連一隻麻雀的叫聲都聽不到了。對我來說，那些麻雀都是我的朋友，因此聽到烏鴉第三次叫，縱使我還不願意起床，只要一想到快飛走而在鳴叫的麻雀正嘲笑我：「怎麼還躲在被窩裡呢？」我就會趕快起床。珊瑚樹會長出和樹名很不相稱的紅色果實，撿到落在柔軟蘚苔上的果實，是我最開心的事情之一。

20

我家後面有一塊大約三、四十坪大的空地，一半種花、一半種菜。初夏，樹籬外有小販沿街叫賣菜苗。大阿姨就會把小販叫過來，打算買些菜苗。我看到用稻草做成的箱子裡，裝著水分潤濕、土質不錯的泥土，各種不同的菜苗已經長出兩片嫩葉。戴著草帽的小販，小心翼翼地從箱子裡捧出菜苗來。大阿姨買了一些茄子、瓜類等的幼苗，種在空地上的菜園裡。每天，我跟大阿姨都用噴壺為帶些微紫的茄子苗，以及好像被淡白粉末覆蓋的橢圓形嫩葉的南瓜苗和絲瓜苗灑水。眼看著那些幼苗慢慢成長，長出蔓條後，葉子跟著也長出來，菜園裡終於結出大大的果實。大阿姨很期待它們快快長大，常常去查看這些蔬果的生長狀態。她真是一個多管閒事的人，邊發牢騷邊以小竹竿讓蔬果攀沿而生長。果然蔓藤纏繞著小竹竿而上，在毫不優雅的葉子之間，綻放出小黃花或紫色花。在那當口，飛來一隻球形馬蠅，不客氣地鑽進花朵裡。眼看花兒一朵又一朵掉落，好不容易有幾朵花的下方鼓起來，漸漸就變成平坦或細長的形狀，最後終於結成茄子或南瓜等。我沒想到在茂盛的枝葉當中，可以看見長得好像錢包的茄子、難以形容的絲瓜模樣，還有外表長著很多討人厭顆粒的黃瓜等，這些讓我感到無比開心。我經常會想起那時候所看到的刀豆、藤豆，以及好像小毛筆的蔥花。

有一天，大阿姨買茄子苗，眼看它成長、變化，但最後竟然結出絲瓜來。雖然我看到那麼多絲瓜垂掛著，非常開心，但大阿姨很氣自己被騙了，再也不願向小販買菜苗，後來那些絲瓜全掉光。從此，大阿姨決定到山丘下的種苗店買幼苗。但是無論人家拿什麼菜苗，她都會懷疑那該不會是絲瓜苗吧。她總是不斷追問老闆：「假如這棵幼苗長出絲瓜，我就要把整棵絲瓜還給你，到時候你不會不接受吧？」

圍繞菜園的杉樹籬旁邊，有祖母播種的栗子和我撿回來種的胡桃籽，都發芽了。另外還有祖母喜歡的鳳仙花，也開得很茂盛。雖然鳳仙花不是什麼珍貴的植物，但我也很欣賞它們。我很喜歡隨意摘朵花，染在指甲上，或是把紫茉莉的果實弄碎擷取白色粉末，這些都是我熱愛的遊戲。我家還有種杏花樹、緋紅色的桃花樹。巴旦杏樹[18]綻放白綠色花朵時，是我們兄弟最期待的事，所以我們都會小心不讓烏鴉飛

18 巴旦杏樹為李樹的一種。

往那棵樹，沒事就跑去趕烏鴉。那棵樹結實累累，以致柔韌樹枝低垂到都快碰到觸面了，我們兄弟用手就可以採到果實。至於用手採不到的地方，只好拿竹竿去打，採到後全部放入竹簍內，滿載而歸。花園裡則有卷丹花、白百合。但是那些顏色太明亮或濃豔的花，常讓我有一種悶悶不樂的壓力，例如附著在百合雄蕊上的那種濃厚焦黃色的花粉。

21

我家附近有一座祀奉閻羅王的寺院。鬼門開的當天，令人感到鬱悶又焦急的鐘聲響起，大阿姨就會幫我穿上我絲毫不感興趣的淺藍色麻布夏衣，再以真絲薄綢做成的腰帶緊緊束在我的胸前，帶我去拜拜。因為每年的盂蘭盆會都得穿上麻布夏衣，所以連淺藍色都會讓我感到鬱悶。從狹窄的寺院境內到大門附近，第一攤的一碗五釐[19]的剉冰開始，還有關東煮、壽司等各種攤販密集。在那一片沙塵飛揚的環境裡，充斥著氣球發出的聲音、小販招呼的聲音等，那些嘈雜喧鬧實在令人難以忍受。況且穿著圍裙的小徒弟，好像把這裡當成自家般任意喧囂，我最討厭的就是這種人了。走兩、三道石階，穿過貼著很多稱為千社札的祭拜紀念小紙片的紅門，就可以看見坐落在右邊的那座祀奉閻羅王的小寺廟。閻羅王寺裡照例坐著一尊容貌難以恭維的閻羅王，裡面香煙裊繞，令我有一種喘不過氣的感覺，加上鄰近孩子們不停地用力敲打祭拜閻羅王時會敲的鉦[20]，以致我的腦袋瓜好像快被魔音穿破般難受。不過，大阿姨每次都會拜託那些孩子讓我拿起撞鐘槌敲打兩、三次鉦，然後叫我好好瞻仰閻羅王的尊容後，才能退下，短暫的鬆一口氣。但是她接著就帶我去祭拜坐在主殿旁的奪衣婆，傳說那是在冥河邊奪取死者衣服的阿婆。阿婆端坐，雙眼凹陷、皮膚蒼白，頭上包著好幾層紅白棉布。由於我感到非常不愉快，天氣又很熱，每次都會

19 當時一円＝一〇〇銭、一円＝一〇〇釐。硬幣分別有五釐、一錢、五錢、一〇錢、五〇錢、一圓、五圓、一〇圓。

20 鐃類樂器。似鈴，柄中上下通。

頭痛。但是迷信的大阿姨，每年都有各種理由非把我帶去一起參拜不可。

涅槃會當天，大阿姨會把一張被馨香燻黑的釋迦涅槃圖掛起來，圖的前方擺小桌子，桌上供著香和花。除了這張破舊的掛軸和端坐在佛壇上的漆黑大黑天像之外，大阿姨家根本沒有留下任何財產。大阿姨坐在小桌前誦經，叫我在釋迦涅槃圖前獻香，然後開始講述釋迦牟尼佛的故事。她說圍繞在釋迦牟尼佛的有大象、獅子，以及阿修羅、緊那羅、龍族、天人等。因為虔誠的大阿姨故事說得非常生動，讓我覺得畫中的動物和人物宛如具有生命般地都在落淚了。另外，飄在菩提雙樹樹枝的雲朵上方，有一個美人往下看。大阿姨說這個美人名為摩耶夫人，是釋迦牟尼佛的母親。這個摩耶夫人從天上扔下的藥袋，正好掛在菩提雙樹的樹枝上，卻沒有人發現這件事。大阿姨講述釋迦涅槃的故事給我聽，讓我深深覺得釋迦牟尼佛已經永遠離開母親了，所以我為可憐的釋迦牟尼佛而哭泣。

22

每個月有三次大黑天的廟會。如果廟會當天沒下雨的話，大阿姨都會帶我去拜拜。我總是抓著大阿姨的衣袖跟著走，以致她所穿的外褂都被我拉到歪掉了，所以她每走一陣子就停下腳步，站在路邊整一整衣服。不過，在人潮很多的地方，我緊緊拉住她的袖子，讓她不得不把我的手指一根一根扳開。我把大阿姨外褂的帶子打上死結，大阿姨把我外褂的帶子打上好像琴弦的結。到了大黑天的寺院，大阿姨讓我奉獻香油錢，然後說：

「再奉上一根蠟燭。」

這時佛堂的明亮處，有一個年輕僧侶應聲道：

「是。」

並點上蠟燭獻給大黑天。大阿姨一心一意誦經，誦完她才說：

「這樣我才能安心。」

然後，我再次拉住大阿姨的衣袖，離開寺院。每個月八日、十八日、二十八日，她都有所準備，要去向大黑天祈求我健康平安，包括我的身體早日康復，走路時不要跌跌撞撞而受傷等。

每當有廟會的時候，很多乞丐就會沿著寺院圍牆而坐。我們去拜拜時，他們通常都還沒到齊，只有兩、三個瘸子、癱瘓者來得比較早。他們鋪上蓆子，希望得到好心人的施捨。我在不知不覺中受到大阿姨的影響，因此施捨給那些人，讓我那顆人性本善的小小心靈得到很大的滿足。乞丐當中，有個容貌姣好的盲女在彈琴。當時琴還不是很普及，大阿姨和奶媽常常提起她。據說那個盲女原本是在武士家、領主家伺候，如今淪落街頭。她邊彈琴，邊以聽不太懂的沙啞聲音唱歌。對我來說，她戴上假指甲的手指頭在琴弦上輕快滑行的樣子，還有好似雲朵的木紋琴上有很多如雁形的琴柱分散的樣子，都是非常難得一見的美。

23

假如早點去的話，就會看到跑江湖的雜技藝人好像蜘蛛在吐絲結網般準備雜耍場地。旁邊擺著收藏道具或動物的箱子，當我好奇地走過去看的時候，雜耍場的招牌已經高高掛起。招牌上盡是些可怕的圖案，包括大眼球的人魚游於大海中、蟒蛇吐出分岔的蛇信將要生吞小雞等。不過，我也曾看過描繪老鼠表演的圖案。那是在淡藍色的招牌上有好多隻小老鼠穿著各式各樣的衣服，拿著太陽旗之類在表演。我很喜歡這個招牌，所以每次看到的時候，一定要去看雜耍。舞台上很多小老鼠登場，有拉貨車、打井水等的表演。表演到最後，牠們會從紙糊的倉庫叼著裝米的小草袋跑出來，然後一袋一袋堆起來。這些表演的老鼠，有褐色斑點的、有雪白色的，牠們東奔西竄、跑來跑去的模樣，真是非常可愛。指揮小老鼠的是一個年約三十歲左右的外國女子，她的髮型是當時還很罕見的束髮。女子戴著帽子，一副時髦裝扮。每次小老鼠叼著裝米的小草袋跑出來的時候，那女子就會鼓勵著說：

「大家一起合力帶出去吧！」

當小老鼠不小心把草袋滾到觀眾席，小孩撿起來丟回去時，女子就會向孩子說：

「謝謝。」

同時還會露出親切的微笑，點頭致意。有時候裝米的草袋滾到我面前，我很想撿起來，卻不知為何感到焦躁而無法伸手去撿。小老鼠表演結束後，女子會從塗著藍紅色的籠子裡，抓出一隻鸚鵡來，模仿她說話。鸚鵡靜靜地停在女子的手掌上，模仿她所說的每句話。但是當牠鬧脾氣的時候，只會豎起頭頂上的毛、吱吱喳喳地大聲鳴叫而已。這時女子就會露出難為情的模樣，歪著頭說：

「太郎，今天怎麼會這樣呢？」

我邊想著鸚鵡那種好像繪畫般美麗的姿態、好像鉤子般的嘴巴、讓人感覺很聰慧的眼睛，然後依依不捨地走出雜耍場。

24

廟會的夜市中，賣酸漿[21]是最吸引我的攤販之一。老闆一邊揮著裝有齒輪的竹筒，一邊大聲吆喝道：

「賣酸漿～賣酸漿～」

攤位的竹簾上鋪著一層絲帛，擺著紅色、藍色、白色等各種不同顏色的酸漿。從酸漿裡流出來的水滴個不停，有像團扇般的海酸漿，像鬼火般的朝鮮酸漿，還有天狗酸漿、長刀酸漿等各種不同形狀的酸漿。這些酸漿都生活在海洋中，因此皮囊裡總會有散發著海腥味的泥沙。另外，還有丹波酸漿、千成酸漿。

老闆不斷揮著竹筒，叫賣道：

「賣酸漿～賣酸漿～」

因為我只會吹海酸漿，所以每次都央求大阿姨買海酸漿給我，然後小心翼翼地抓回家。丹波酸漿的形狀好像穿著深紅色衣服的僧侶，每次剝開皮發現有蚊子咬過的痕跡時，姊姊就會把那個酸漿扔到榻榻米上。蚊子真是太壞啦！在酸漿還沒成熟

21 茄科植物，夏季結球成漿果，取其外囊可做成玩具吹出聲響。

時，就偷偷吸取甜汁液。被蚊子咬過的酸漿，頂部都會出現小斑點，所以在搓果實的時候很容易破損。

夏天時，最吸引我的則是賣昆蟲的攤販。繫著繐子的扇形、船形、水鳥形等各式各樣的蟲籠裡，傳來金琵琶或金鈴子等昆蟲的鳴叫聲。螽斯的叫聲好像有人在開拉門的聲音，紡織娘的叫聲聽起來沙沙沙。雖然我很想買金琵琶或金鈴子，大阿姨卻經常買螽斯給我。有一次，我故意買一隻大阿姨不喜歡的螽斯，讓她一整夜都無法入眠。小販把蟲子放入一個四方形、有著紅藍色欄柱的粗糙竹籠裡。當我把小黃瓜片插在籠子裡時，牠們就會搖動觸鬚、沒有任何表情地吃起小黃瓜，同時把比身體還長的後腿往後伸直，那模樣真是太有趣了。

有時候，我也會買些盆栽的花草回家。當我在睡覺時，希望花草能夠吸收到露水，所以就把盆栽放在簷下。觀賞花草的童心，是一種特別到不知該如何表達的心情，應該說是很難再度感受到的那種清淨而無垢的喜悅吧！由於被花草所吸引，一大早我就醒來，衣服都還沒換，燦爛的陽光讓我揉揉眼睛，趕緊去看那些花草。我看到花瓣及葉子上的露水，還有好似天鵝絨般的石竹花、好似髮髻的蝴蝶花、金盞花等，都長得生氣蓬勃。

假如買那種附有插圖的讀本，老闆就會把它捲成圓筒，再以一條帶子綁好。我輕輕地握著圓筒，有時拿起圓筒邊偷偷窺視裡頭的插圖，邊走回家。當家人說插圖一定很漂亮吧！要求我給他們看時，我就裝模作樣地慢條斯理打開。大家都睜大眼睛，異口同聲說：「我也要！我也要！」插圖旁以紅油墨印著「新版各類野獸圖」之類的標題。其中有長鼻子、面露微笑的大象，有櫻桃小嘴的兔子，以及小鹿、羊咩咩等可愛的動物。大部分動物都靜靜地獨處，只有小熊和金太郎摔了一跤，鼻子好像竹筍般突出的山豬則被仁田四郎[22]摀住。我把讀本給大家看過一陣子後，道聲晚安，就躲進被窩裡，聆聽大阿姨以誇張的話語來說明插圖。我反覆地看完讀本後，才放在枕頭邊漸漸入睡。

22 仁田四郎即仁田忠常，平安時期的人物，傳說曾獨自打敗山豬。

25

我生性膽小，在人前總是不敢開口說話，看到自己想要的東西時，只會拉著大阿姨的衣袖，一句話也不說地駐足在那裡。大阿姨立刻明白我的心意，環視四周以確認我要的到底是什麼。在她找到我想要的東西前，我只會不斷地搖頭。假如她一直沒找到的話，無可奈何之下，我就會偷偷地用手指指一下，然後很害羞地把那根手指縮回來，放進嘴巴裡。原本我很喜歡那個[23]，但是討厭蛇的大阿姨，不知什麼時候把它收到我找不到的地方。竹製兔子能夠輕盈跳躍，可是天氣一暖和，由於膠黏的部分鬆軟，無法跳躍，只把尾巴揚高，然後就翻倒了。還有一個我喜歡的玩具，就是鳥籠裡有一隻小鳥，只要一吹附在鳥籠上的笛子，那隻鳥便會鳴叫。另一個是叫作鯛弓的小玩具，即一把小弓上的鯛魚，邊微微搖動尾巴邊滑來滑去。

北風吹襲的夜晚，攤販的油燈發出讓人覺得寂寥的聲音，燈芯好似充血的眼睛。這時最可憐的就是賣葡萄餅的老婆婆。我不知道葡萄餅到底是什麼。那個年近七十、滿臉皺紋的老婆婆，在寫著葡萄餅的破舊燈籠招牌下的小台子上擺了幾個紙袋，但我從來不曾看過有人去買葡萄餅，這讓我替老婆婆感到很擔心。可是無論我如何央求大阿姨，由於葡萄餅看起來實在太不乾淨了，連她都因為猶豫而不敢買給我。幾年後，當我已經可以獨自一人前往廟會時，老婆婆還在蕎麥麵店的轉角處賣葡萄餅。每次我去廟會時，經過她面前，總有一種想哭的感覺，不過終究還是不曾去買。有一天晚上，我終於下定決心駐足在那個燈籠招牌旁邊，老婆婆以為我要買葡萄餅，便說：

「歡迎看看！」

說罷拿起一個紙袋。我不知道該說什麼才好，下意識地扔下兩塊錢後，一溜煙跑到少林寺的灌木叢。我心跳得很厲害，感覺整臉發燙。

23 以蛇、青蛙和蛞蝓相互牽制成僵局為主題的玩具。

八幡神社的廟會裡，有一種傳統喜劇叫「笨蛋囃子[24]」。我根本不想看那種表演，因為扮演「笨蛋」的人戴著一個鼻子很低的面具，扮演「火男」的人則戴著一個左右眼睛大小不一的面具，加上他們很噁心且動作下流，讓我感覺很不愉快。但是家人無法體會我的心情，很熱心地要帶我去看，並且希望我看完後能夠變得開心。連大阿姨也跟他們一樣，總喜歡帶我去看那種喜劇。直到我九歲還是十歲的時候，才說出那種表演帶給我的痛苦。不過，家人認為那只是我的藉口而已，還是硬要帶我去看。每當這樣硬被家人拉出門的時候，我都會跑到附近的草原，橫躺在大樹林立的懸崖上，臥看山巒以消磨時光。

26

新家附近的孩子們，跟神田一帶那些調皮搗蛋的小鬼頭相比，還是較為溫馴，而且路上往來的行人也不多，所以這地方挺適合我這種人居住。大阿姨拚命為我找一個可以成為玩伴的孩子，不久她相中住在我家對面、名為阿國的一個女孩（直到最近，我才知道阿國的父親曾經是阿波藩的武士，也是當時很有名的志士）。大阿姨在不經意中得知阿國身體孱弱、個性溫順，而且還經常頭痛，因此她認為對方很適合當我的玩伴。有一天，阿國跟幾個女孩子正在她家大門內的空地玩耍，大阿姨揹著我到那裡，對她們說：

「他是一個好孩子，請讓他跟妳們一起玩吧。」

大阿姨邊說邊把一臉不高興的我放下來，沒想到那群女孩頓時露出掃興的神情，不久又開心地玩起來了。那一天，我只跟她們打過照面，從頭到尾都緊緊抓住大阿姨的衣袖，看一會她們在玩耍的樣子就回家了。隔天，大阿姨又把我帶到那裡。這樣過了三、四天後，大家漸漸熟起來，聽到她們發出愉快的笑聲，我也會露出微笑。阿國和那些女孩每天都在玩「紫雲英花開了」的遊戲，所以大阿姨回家後就很有耐

24 馬鹿囃子為東京及其周邊在祭典時，站在山車上一種傳統、帶些許滑稽的演奏。

心地教我玩那種遊戲時所唱的一首歌。她確認我已經把那首歌學得差不多後，有一天又帶我到對面人家的那塊空地，並強迫畏畏縮縮的我擠進阿國跟她的朋友之間，靦腆的兩個人都覺得害羞而不敢牽手；大阿姨很有技巧地把我們的手掌拉起來疊放在一起，然後扳開我們的手指，再以她的手掌緊緊握住我們的手。如此一來，我們終於手牽手了。我從來不曾被別人握過手，所以感到有點害怕，而且我還很擔心大阿姨會不會自己一個人先溜回家，因此總是一直看著大阿姨。由於我這個程咬金突然加入，女孩子們感到掃興而提不起興致繼續玩遊戲。大阿姨見狀，趕緊跑到我們所圍出來的圓圈正中央，嗆呼嗆呼地邊拍手邊唱那首歌。

「啊！花開了，花開了，什麼花開了？」

她還用雙腳打著拍子。孩子們被她感染，不知不覺跟著她一起輕聲唱起來。我被大阿姨催促，環視一下大家的表情，偷偷地跟著她們唱。

「花開了，花開了，什麼花開了？紫雲英花開了……」

大阿姨看到圓圈圈開始慢慢轉動，便不斷鼓勵大家，於是越唱越大聲，圓圈圈也越轉越快，平常很少走路的我，心跳得好快，快到差點就要昏倒了。但是，不管我多麼希望放手離開那個圓圈圈，她們卻用力拉著我，以致我不得不跟著一直轉。

不久她們唱道：

「雖然花開了，終究還是凋謝了。」

大阿姨站在正中央，忽然把圓圈圈縮小，同時叫道：

「饒了我吧！饒了我吧！」

然後，她就從圓圈圈跑出去。

「花謝了，花謝了，什麼花謝了？紫雲英花謝了……」

我們把互相牽住的手往前方舉起，跟著節拍大聲唱道：

「雖然花謝了，終於又盛開了。」

原本縮小的紫雲英花，突然又變大了。我的雙手被左右兩邊用力拉，讓我覺得自己的雙臂好像快被撕裂。如此重複五、六次，使得平日不常運動的我，身體和精神非常疲憊，所以拜託大阿姨幫我鬆開手，然後就回家了。

27

阿國是我的第一個朋友。剛開始，大阿姨都得站在我身邊，我才肯跟她玩。大阿姨也擔心我不習慣這裡的生活，所以總跟在我身旁。不久，她發現這裡比神田更安靜且安全，恐怕是全世界最適合我這種孩子的地方，漸漸就只是不厭其煩地叮嚀些諸如「車子來的時候，趕快躲進大門內」或「不要靠近水溝」等，然後便先回家了。

我跟阿國相處時，她依照一般孩子相互認識的方法，先問我父母親的名字以及我的出生年月日，再問我的生肖。我老老實實地答說自己屬雞。她一聽完，說道：

「我也屬雞，所以我們應該做好朋友！」

然後我們一起模仿「咕咕咕～咕咕咕～」的雞叫聲，還邊走邊拉開衣袖，裝出小雞振翅的模樣。能夠跟同年齡的人在一起，讓人感到既開心又溫馨。阿國告訴我，她的家人都叫她「瘦皮猴」或「秋葵」。由於我也因為被家人叫「光頭章魚」而感到懊惱，所以非常同情她。後來我們又發現彼此有很多相同的事情，不久就成為好朋友了。阿國是一個皮膚黝黑、高鼻子，留著劉海，以紅色布條綁辮子的女孩。

我們一起靠在多處被蟲蛀的門柱上，或蹲著玩泥巴，幾乎都快頭碰頭地靠在一起，聊些諸如「昨天掉了一顆牙」、「有一根手指頭被扎了一下」之類的家常話。我們意氣相投，天真無邪地哈哈大笑。我記得當時阿國掉了一顆犬齒，所以每次她大笑時，我都會看到她的嘴巴裡有個好像洞穴般的窟窿。原本我只是躲在家裡跟大阿姨在一起，自從認識阿國之後，開始知道一些好事壞事，突然就變聰明了。不過，雖然我們同年齡，我的能力還是差她很多，所以我經常聽她的指揮。

我家附近有一個比我大一歲、名叫阿峰的女孩。阿峰是個壞心眼、嫉妒心又強的人，所以沒有人喜歡她。但是我每天都會碰到她，有時候不得不陪她玩一下。有一天，我跟阿國又在聊生肖，然後又模仿雞的叫聲並玩起小雞振翅的遊戲，結果阿峰跑過來說：「我是屬猴的。」並裝出猴子的樣子來抓我們。

28

阿國的紅色梳子上畫有菊花的莳繪。她還有一個以緋色和藍色縐綢縫成香荷包形狀，作為裝飾用的髮簪。阿國無論買了什麼新東西，都會很得意地向我炫耀，可是當我想仔細看清楚時，她又喜歡把東西藏在袖子裡，讓我焦慮不堪。每次我看到她新買的東西，就會遺憾自己怎不是女兒身。然後又很疑惑為什麼男生不能像女生那樣裝扮自己？

每次我們玩捉迷藏的時候，阿國都會先說：「昨天有一個三隻眼睛的小鬼從後面的草叢中跑出來」或「有赤練蛇盤捲在那裡」之類的話，讓我感到害怕。然後她會叫我閉上眼睛站在李樹下，自己隨便找個地方躲起來。我在屋子周圍繞來繞去沒找到時，就會到後面去找她。院子拐角的竹圍裡養著兩隻鵝，我非常害怕牠們，當我想悄悄走過去，牠們卻突然伸出好像惠比須神所戴的烏帽子般的頭，嘎嘎叫地追趕我。好不容易走到茶園，穿過圍牆，立刻又看到一旁飼養的乳牛哞哞叫。這也讓我感到害怕，所以不敢深入茶園，只好又去庭院找她。那裡有很多大樹，想把她找出來很不容易，環視四周也看不到任何人影，想走回頭又怕碰到那頭乳牛和那兩隻鵝，我開始感到不安了。

「好了沒？」

我大聲呼喊，卻聽不到任何回音，只有自己的聲音迴盪於寂靜的空間。我懷疑阿國可能騙我，然後跑到別的地方，這種懷疑讓我更感到不安與孤獨。我一邊希望大阿姨早點來接我回家，一邊再大聲呼喊：

「好了沒？」

當我不知不覺掉下眼淚時，從竹林那邊傳來小小的聲音。

「好了啦！」

一聽到這個聲音，我立刻走到她可能躲藏的竹林入口，但是看到那裡的圍牆外有寺院的黑色銀杏樹，加上竹林中到處都有枝葉繁茂的山茶和皂莢，顯得亂七八糟又陰暗。這讓我想起她所說的三隻眼睛的小鬼，因此害怕得不敢走進去。這時從竹林裡傳來吃吃的笑聲，我才鼓起勇氣走進去。不過，那裡到處都有殘株、樹根以及很多荊棘。由於平日大阿姨為了安全起見，連腳底下的小石頭也會幫我清掉，所以我覺得那裡好像是一座針山，真不知道該怎麼走才好，何況我又非常害怕那裡可能會有盤捲的赤練蛇。好不容易鼓起勇氣，一步步朝她躲藏的地方走去，當快接近的時候，阿國突然從陰暗的角落現身，翻著白眼說：

「妖怪來咯！」

雖然我知道那當然是阿國，但還是覺得毛骨悚然，急忙說：

「不要過來！不要過來！」

然後拔腿就跑。阿國看到我這模樣，樂不可支地緊追著我。接下來，輪到我當鬼，但我不敢跑到草叢裡躲起來，而且這是阿國熟悉的地方，所以她輕而易舉就找到我了。有時她找不到我，竟然就坐在家裡吃點心。毫不知情的我，還一直等她來找，以致等到精疲力竭，才說：

「好啦！天亮了。」

當我自己跑出來時，阿國邊吃點心邊對我說：

「我找到你了。」

然後走到我身邊，說：

「分你一顆糖吧！」

再分給我金華糖的碎片之類。

29

我們喜歡把塗有水溶漿糊的小貼紙印在物品的表面或皮膚上，我非常喜歡聞小貼紙散發出來、好像油般的香味。我們常比賽誰先用口水把圖案貼印出來，嘴巴邊說：

「快點，快點！」

邊以手指頭用力猛搓。我們把許多顏色不同的鳥獸圖案並排印在手背上，然後把手背上的皮拉緊或放鬆；這真是一個非常有趣的遊戲。但是過一陣子，貼印在手背上的小貼紙乾掉後，就會覺得癢癢的，只能輕輕抓癢。有時，我們倆把相同的圖案貼印在各自的手臂上，彼此還宣誓永遠保存，因此總是小心翼翼，不要讓衣服摩擦到圖案。不過翌日一早起床，往往發現圖案已經磨損得不成樣子了。早餐後，我立刻提心吊膽地去看阿國，說道：

「我手臂上的圖案已經變成這樣了，對不起。」

說罷伸出手臂給她看。她裝腔作勢地捲起衣袖，假裝瞬間才發現自己的圖案也走樣了，故意露出驚訝的神情，說：「我的也變成這樣了。」然後露出燦爛的笑容。

櫻花凋謝的季節裡，我們比賽引線穿花瓣，看誰穿的花瓣比較多。

有一天，我們在阿國家門口盛滿一碗馬蓼，把酢漿草的果實當作小黃瓜，玩扮家家酒。這時阿峰走過來說：

「我們一起玩吧！」

阿國一聽，就跟我耳語道：

「我不喜歡她，我們來讓她好看。」

於是她偷偷地摘了一些豬殃殃[25]，突然大聲喊道：

「豬殃殃說它愛妳啦！」

她把豬殃殃往阿峰身上扔去，阿峰也不甘示弱地把豬殃殃用力朝阿國反扔回去。阿國把手中的豬殃殃分一半給我，我為報平日的仇，也對阿峰猛扔豬殃殃。

「豬殃殃說它愛妳啦！」

「豬殃殃說它愛妳啦！」

「豬殃殃說它愛妳啦！」

由於我們突然偷襲，加上人數多，阿峰只能落荒而逃。但我們才不肯罷休，在後面窮追不捨，對她亂扔豬殃殃。眼看阿峰的後背都快被豬殃殃扔滿了，阿峰露出可怕的表情，對我們怒目而視，可是她並沒把豬殃殃撣掉。我很擔心她會反擊，她

25 一年或多年生草本植物，莖多匍匐或偃臥狀，具多數分枝；莖有四稜角；枝條細長，光滑無毛，綠色；稜上、葉緣、葉脈上均有倒生的小刺毛。

卻只是突然回頭看一下，露出怨恨的表情就跑了。

蠶豆葉被人一吸，葉子的表皮就會鼓得好像雨蛙的肚子般，我覺得非常有趣，所以常到旱田去摘蠶豆葉而被責罵。另外，把山茶花的花瓣放在舌頭上，吸入空氣的時候，就會像篳篥般發出聲音來。

春天一到，種在我家門口、有如儒家學者般威嚴的李樹的花就會盛開；花團錦簇的李花宛如一朵雲。青白色的李花，在陽光的照耀下，散發出宜人的香氣。我家附近的小孩都喜歡跑到那棵李樹的周邊玩耍。一聽到大家的歡笑聲，大阿姨就把我帶到那裡，對孩子們低聲說幾句話，自己就先回家了。這些小孩全都比我大三、四歲，因為大阿姨喜歡小孩，所以這些小孩子也喜歡她，都叫她「小〇家的阿姨、小〇家的阿姨」，連帶對我很好也很照顧，都願意跟我一起玩。奇怪的是，雖然他們比我年長，但無論玩什麼遊戲，我都能贏他們。玩捉迷藏的時候，沒有人找得到我；轉陀螺的時候，我的陀螺竟然都不會撞到他們的陀螺。不知不覺間我發現自己幾乎都是贏的一方，回家後得意洋洋地告訴大家這件事，家人都稱讚道：

「你好厲害喔，好厲害喔！」

一直到很久之後，我才發現原來我是笨到被那些孩子認為只是一個幼兒而已。

30

我家附近有一個邊務農邊做麥芽糖生意的小販。除非下雨，每天他都會吹著嗩吶過來叫賣。每當傳來嗩吶所發出的那種好像破碎般的和諧聲音時，我們這些小孩子都很興奮，原本在家裡的趕快從家裡跑出來，在外面玩耍的立刻停下並跑過來。把棍子當大刀耍的孩子、把滿是泥土的陀螺往懷裡塞的孩子，大家都圍著小販，嘰喳喳吵個不停。除了麥芽糖外，小販還有猜謎以及廉價糕餅，因此孩子們都爭先恐後地翻開紅紙、藍紙玩猜謎遊戲。小販用小木棒把琥珀色的麥芽糖從木桶裡挖起來，裹成閃閃發亮的小球。將麥芽糖球放進嘴巴裡轉啊轉啊，隨著濃厚的甜味在嘴中散開，麥芽糖球漸漸變小了。

另外，還有一個把裝著糖飴箱頂在頭上，唱著「YOKA、YOKA、DONDON」的小販也經常會來。他的頭上頂著一個以一圈又一圈黃銅箍繞得好像臉盆般的容器，周圍插滿日本國旗，旗竿頂有好像鴛鴦的紅、白色糖飴。穿著鯉魚躍龍門圖案浴衣的小販，邊敲大鼓，邊擺動腰部與肩膀，輕盈地快步走來。還有一個用手巾包頭的女人，彈著三味線，熱鬧滾滾地一路跟著小販。每當我們買很多糖飴時，那女人就會戴著胖臉醜女的面具開始跳舞，大家都會圍觀她的舞技。一陣子後，隨著三味線的音調，她開始做出一些轉頭、扭腰、揮袖子的奇怪動作來追我們，大家都會興奮又開心地到處亂逃。跳舞結束後，小販會大聲說：

「哎呀！真是太打擾大家了。」

然後準備把那個盆子再頂回頭上。為博得大家哈哈大笑，他還故意不小心掉在地上，裝出心不甘情不願地離去。

阿國的父親是一個身材魁梧、令人害怕的人。他經常因公出外，偶爾在家，也是一整天都躲在家中二樓寫字。假如我們稍微吵鬧些，就會遭到他的責罵，所以他在家時，我都不敢去找阿國，而阿國也只能乖乖地躲在家裡。有時我不知道他在家，跑去找阿國，向她招呼道：

「阿國，一起去玩吧！」

阿國就只把大門拉開一點點，將大拇指伸到鼻子前端，露出可怕的表情，搖搖手。

有一年的桃花節[26]，我被阿國的家人招待到她家。在向陽的房間正面有一個人偶架，架子上方擺著非常漂亮的雛人偶。我家的人偶架很小，阿國家的大概比我家的還大五倍。當時我一直以為女兒節的人偶是活的，因此身子縮成一團，不斷向人偶點頭敬禮。看到我這個樣子，大家都哈哈大笑。這時，我以為不在家的阿國父親出乎意料地竟然出現了，我很怕他會生氣，交互看著人偶的臉和阿國父親的臉，蜷

26 桃花節為每年的三月三日，又稱女兒節，家中有女兒者都會擺放雛人偶。

縮著身子，有種想哭的感覺。阿國的父親看到我害怕的樣子，不像平日般兇惡，送我一包紙包的炒豆，還問我今年幾歲，叫什麼名字。

然後又問我：

「在這裡的人當中，你最怕誰？」

我誠實地手指阿國的父親。大家見狀又哈哈大笑起來。阿國的父親也跟著笑道：

「如果你乖乖不吵鬧，我就不會責罵你。」

說完便往二樓走去了。我這才放心下來。

31

我非常懷念童年時平靜度過的那些日子，尤其是在傍晚時分常玩的那些遊戲，最讓人感到愉快。那時候我特別喜歡初夏的傍晚，看著夕陽把雲朵染成淡紅色後，夜幕漸漸低垂，想到該回家卻又依依不捨。我很喜歡和阿國一起玩，玩捉迷藏、蒙眼睛、冏鬼[27]以及跳房子等遊戲。阿國常常會攏起劉海，讓風吹在微微出汗的前額，問：

「接下來要玩什麼呢？」

我也用衣袖擦擦汗水，答道：

「我們來玩『籠子籠子』的遊戲吧！」

說著我們開始唱起這遊戲的歌。

「籠子、籠子，籠子裡有一隻鳥，什麼時候才可以飛出去……」

雨後，杉樹籬的杉樹低垂，嫩芽上的水滴閃閃發光。當我搖動杉樹籬時，嫩芽上的水滴瞬間就散落在地的樣子，經常讓我覺得很開心。不過，一下子工夫嫩芽上又產生新水滴。

我們經常玩耍的地方的角落有一棵大合歡樹，樹上盛開著熊熊燃燒般的大紅色

27「冏鬼」係當時孩童的一種遊戲，類似台灣的一二三木頭人。

花朵。傍晚，當合歡樹的葉子不可思議地進入睡眠狀態，大蛾就會飛過來，振起褐色的厚翅膀，在花與花之間不斷飛來飛去，那模樣真是令人不舒服。聽說合歡樹被人一摸，就會露出發癢的樣子，有一次我和阿國不停地摸合歡樹，摸到連自己的手掌都脫皮了。

隨著被夕陽染紅的雲朵漸漸變黑，悄悄躲起來的月亮也慢慢明亮時，我和阿國就會望著溫柔的月亮一起唱歌。

「月亮妳幾歲呢？十三夜七小時，那妳還很年輕……」

阿國用雙手比成眼鏡的樣子，告訴我說：

「這樣子看月亮，就可以看到一隻兔子在搗麻糬。」

我也模仿她用雙手比成眼鏡的樣子看月亮。我想像在那圓滾滾的國度裡，有一隻兔子在搗麻糬，這讓我這個天真無邪、充滿好奇心的孩子有一種無上的喜悅。月光明亮時，我們會互相追影子、玩踩影子遊戲。直到傳來大阿姨的呼喊聲：

「快回家吃晚飯喔！」

當大阿姨過來帶我回家時，我會牢牢站住不讓她帶走。不過，她會故意邊踉蹌邊說：

「我拉不動你，我拉不動你。」

這樣半哄半騙把我帶回去。當阿國聽到大阿姨對她說：

「明天還要跟他一起玩喔！」

就會說再見，然後邊踏上回家之路，邊大聲唱道：

「青蛙叫，該回家。」

我也依依不捨地跟著她大聲唱歌，就這樣彼此交互大聲唱著歌，直到回到各自的家中。

32

如此安穩的日子裡，突然發生一件對兩人來說不得了的事情，那就是我們都八歲了，已經到了非上學不可的年齡。有一次大阿姨曾揹著我到學校，替姊姊送便當，所以我知道學校是一個什麼樣的地方。因此，我認為自己怎麼能到那個到處都是些看起來就一副壞心眼的孩子的地方呢？每天晚上，當我在客廳把玩具箱的玩具搬出來玩時，父母就執拗地跟我說明應該上學的理由。不過，每次我都頑固地拒絕。母親常說不上學就無法出人頭地，我頂嘴說自己不想出人頭地；父親說不上學就不讓我住在家裡，我回說我要跟大阿姨帶著玩具箱離家出走。當時父母對我的強辯，乃至我這個病童的苦苦哀求，根本都是一笑置之，完全不當一回事。隨著開學日的接近，嚴詞逼迫的情況也越加激烈，每天晚上我都可憐兮兮地哭一陣，才由大阿姨陪著睡覺。不管我的心情如何，父母還是為我買了一個新書包、硬紙鉛筆盒、大楷毛筆等整套的文具用品。雖然姊姊們都很羨慕我，但對我來說，這些東西都不是我想要的。除了那隻犬神君和「丑紅」附贈的牛玩偶外，我什麼都不要。當時我認為只要在外頭能夠跟阿國玩，在家裡能夠跟大阿姨玩「果子朝哪個方向」的遊戲就好了。所以我對於父母為什麼不懂我的心情，一直要逼我去上學，感到非常疑惑。

有一天，我不知該如何是好，就把這件事告訴阿國。沒想到阿國回應說：

「我也是每天被罵。」

看樣子我的朋友也因為不喜歡去上學而苦惱，於是我們坐在李樹下，互相訴苦，互相安慰。當我們各自要回家時，阿國對我說：

「我絕不去上學，所以希望你也不要去上學。」

我和她堅定相約不去上學，然後才返回家門。

33

開學日終於來了。我從早上就開始抗拒去上學，反覆喊道：

「阿國不去學校，我也不去。」

晚上，我被父母硬從臥室拉到客廳。雖然他們半威脅半哄騙地企圖說服我，我仍然堅持不上學。於是，哥哥走過來，一把揪住我的後領，用我不懂的柔道技法一而再、再而三地把我扔到榻榻米上，又賞我好幾個巴掌。大阿姨大聲喊道：

「怎麼可以這樣對付一個病弱的孩子！怎麼可以！」

然後又說「我會好好勸他」，就趕緊把我帶回臥室。

當時哥哥在高中學柔道，因此隔天我的臉頰都腫起來。我整天不吃飯躲在臥室，大阿姨很擔心，把供奉祖先的供品偷偷拿來給我吃。那天我突然發高燒，原本就神經質而不易入睡的我，這下子更睡不著了。大阿姨非常擔心，整夜一邊念經一邊照顧我。這樣過了四、五天，都沒人強迫我去上學。不過，等我恢復健康，不再頭痛也沒發燒後，當晚家人又開始來逼我去上學了。我依然下定決心堅持己見，因為阿國不上學，我也不去上學。這次我倒沒吃到什麼苦頭，他們只問我：

「那麼，如果阿國去上學的話，你也一定會去上學嗎？」

我堅定答道：

「那我就一定會去上學。」

隔天，大阿姨揹著臉色蒼白的我，走到快要放學的學校大門口附近。那裡離學校大約一百六十公尺而已；鈴聲響起後，就看到學生陸續從校舍走出來。我竟然在那群學生當中發現阿國抱著書包開心地走過來，大阿姨稱讚她，她也洋洋得意地告訴大阿姨學校的生活。我在大阿姨的背上看到這種情形，心想阿國實在太過分了。那天晚上，我無可奈何之下只得答應去上學。

翌日早晨，我穿上和式禮服，跟隨父親一起到學校。父親帶我進老師的辦公室，那裡的玻璃拉門壁櫥上有地球儀、鳥和魚的標本，以及很多我不曾看過卻很感興趣的動物掛圖（不過這些動物的名稱，後來我都知道了）。父親詳細告訴老師我頭腦遲鈍、身體孱弱、個性膽小等，讓我覺得很丟臉。老師邊聽邊點頭直盯著我看後，以溫和的語調問：

「你今年幾歲呢？」

「你叫什麼名字？」

「你父親叫什麼名字？」

「你家在哪裡？」

老師問了我很多問題。不過，這些問題我在家裡都已經練習過，加上沒想到老師竟然那麼溫柔，我也就心安了，所以很輕鬆地一一回答。父親說我頭腦遲鈍，老師可能覺得我是個小白癡，才會問我那麼多問題。但他接著說道：

「他的頭腦沒問題。」

因此我便被准許入學。那一天，在學校只辦了這件事就回家了。回到家後，姊姊教我在學校如何行禮，如何勒緊書包的金屬卡等雜七雜八的事情。翌日，我戴著櫻花徽章的帽子，把拿不習慣的書包斜揹在肩膀上，心中湧起一股難以言喻的複雜情感，被大阿姨牽著手上學去了。被人家看到自己不習慣上學的模樣，讓我感到很丟臉，同時也害怕未知的學校生活；我自覺小小的心靈受到傷害，因此只是一味盯著自己的腳尖，跟著大阿姨走到學校。後來姊姊帶我進教室，叫我坐在最前排。我被編入的班級是尋常小學一年乙班，聽說乙班的學生都是一年級學生中的年尾仔囝，或是頭腦比較遲鈍的孩子。

34

由於在我進入學校時，其他孩子早已習慣學校的生活，因此除了我之外，沒有人像我這般膽小，大家都為所欲為地大聲吵鬧。沒多久，我覺得那個上下課的鈴聲，聽起來好像近在耳邊，而且聲音震到我的耳朵深處，讓我覺得很厭煩。姊姊說下課會來看我，大阿姨約好在教室外等我放學，便走出教室了。我在教室裡孤獨無依，提心吊膽地環視四周，發現盡是些看起來力氣很大、心眼很壞的傢伙，他們還露出奇怪的表情直盯著我看，我畏縮地只敢看著書桌上的節孔。這時，我們的班導師古澤先生進入教室；他的臉上長滿麻子，看起來很可怕。實際上，他是一位親切溫和的好老師，所有的學生都喜歡他，經常古澤老師長、古澤老師短地叫個不停。老師教導的內容與大阿姨給我看的那些以「小貓喵喵喵、小狗汪汪汪」等動物叫聲為主的繪本，以及「筷子、書本、桌子」等以身邊物品名稱為主的繪本不一樣，不過也不是很難理解，所以我只顧盯著老師那一頭被風吹得亂七八糟的白髮。不久，下課鈴聲響起，所有教室裡的頑皮孩子一齊衝出，在操場裡的藤花棚下玩跳青蛙、捉迷藏，還有扮演將軍與部下的遊戲等。一直以來，我除了阿國的家和附近的小小天地之外，根本不知道其他的世界，所以看到這種景象，眼花撩亂到不知該如何是好，只能站在一旁看著大家玩。不久，姊姊的同學也好奇地陸續跑來我身邊，我很快就被她們圍繞，她們一副小大人的模樣，故意說些好聽的話，然後接二連三問些大人常問的問題，包括我的年紀、我的名字等。我這個膽小的可憐人，就像被一群雌豹襲擊的笨驢般害怕，一直垂著臉只會搖頭而已。很不幸剛好有一個老師走過來，突然緊緊握住我的帶子，「哇！」地吆喝一聲，用力把我高高舉起。一瞬間，我從早上就強忍在眼中的淚水一下子全噴了出來，不但嚇得兩條腿晃來晃去，還放聲大哭。老師大吃一驚，說道：

「糟糕了！對不起！」

於是趕緊把我放下來，用手帕幫我擦眼淚。聽姊姊說，原來那個老師是姊姊的班導師，他只是想逗我開心，所以姊姊叫我下次再碰到這種情形不要哭。我知道事情的原由後，心想下次一定不會哭了。不過，老師好像很後悔，恐怕再也不敢把我舉起來了吧。

下一堂課是書法課，整間教室裡鬧烘烘的，有人把硯台打翻而大哭，也有人在練習簿上畫糯米糰子而被老師罵。後來古澤老師好像忘掉一切麻煩似的，只是敲敲自己的腰，抓起一個又一個學生的手練習寫書法。我被滿是粉筆灰的老師的手抓起手寫毛筆字時，身體開始畏縮，手也不自主地發抖，所以老師要我同一個字寫好幾次。由於太過刺激和不習慣那些功課，我感到既頭痛又噁心，那天便提早回家了。

回到家，大阿姨用冷水袋冰鎮我的腦袋，說：

「你好棒！好棒喔！」

說完就從木製枕頭的抽屜裡拿出一根肉桂棒給我。姊姊稱讚我，並且做了一個裝有護身符的小珠珠袋送給我。不久我的身體好轉，家人也都稱讚我好棒、好棒。下課後，我跑到阿國家，阿國的家人也對我說：「你好棒！好棒喔！」所以我也自認好棒而洋洋得意。

35

幾天後，只需要有人陪我到校門口，我就可以自己一個人在學校度過。大阿姨把我喜歡的點心放進文蛤殼裡，再以紅色紙帶綁上，等我放學回家，她就從佛壇的抽屜裡拿出來，任我隨意挑選一個自己喜歡的點心。不久，我被重新編到甲班。甲班的孩子圍繞我這個從乙班轉進來的新同學，竊竊私語地議論紛紛。其中一個同學發現我的書包上有哥哥寫的德語，喊道：

「哎喲，這裡有英文字耶！」

他先擠到我身邊，其他同學也很感興趣地看著我。他們問我這個字是什麼意思，我就依照哥哥告訴我的回答說是我的名字。有位同學雖然露出羨慕的眼神，但他卻說：

「可惡！你們看，這傢伙明明是日本人，卻寫個西洋人的名字。」

另外還有一個同學發現那個裝著護身符的袋子和鈴鐺，就用他那髒兮兮的手玩弄，讓我感到很不舒服，也很害怕，只好任由大家隨意把玩。裝著護身符的袋子是以淡藍色和白色小珠子做成弁慶縞[28]的圖案，鈴鐺上方則有金鐘圖案，紫色吊帶還繫著小玻璃葫蘆。那傢伙問我為什麼要帶鈴鐺，我回答說假如我迷路的話，大阿姨聽到鈴鐺聲，才容易找到我。聽完我的回答，大家都露出輕蔑的表情而面面相覷。後來，他們不小心把護身符袋子上的小珠珠給扯斷了，我忍不住哭出來。大家一看闖禍了，趕緊各自溜開，站在遠遠的地方擔心地說：

「不是我喔！不關我的事喔！」

我不知該如何是好，沒人幫我忙，又不敢大聲哭，無可奈何之下，只得凝視散落的小珠子而抽泣。就在這時，恰巧姊姊走過來，我突然悲從中來，便放聲大哭。

28 弁慶縞為以兩種顏色編成的方格圖案。

他們怕被我姊姊罵，邊躲藏邊搞笑地說：

「愛哭鬼！毛蟲蟲！把牠夾起來扔掉。」

姊姊安慰我說回家後會再做一個給我，還幫我擦乾眼淚和鼻涕。不久上課鈴聲響起，姊姊說下課還會再來就離開了。那群頑皮的同學躲在教室外面偷偷看，等到姊姊一離開，便進入教室，圍著我喊：

「愛哭鬼已經笑出來了。」

還邊說邊跳邊旋轉。

新班級的班導師是一個留鬍子、叫作溝口老師的人。他跟古澤老師一樣，也是一個好像天生就為照顧孩子的好人，尤其特別關注我這種老實人。

有個姓岩橋的同學和我共用書桌，他家是賣屋瓦的，也是個淘氣鬼。這傢伙在桌子上二分之一的地方以鉛筆畫了條線，假如我不小心越過那條線，他立刻以手肘撞我，或把鼻屎黏在我手上。岩橋很喜歡在課堂中跟我說話，雖然我很討厭那樣，還是勉強應付他兩句。沒想到恰巧被老師發現我們上課時說話，就把我倆的姓名寫在黑板上，還在姓名上方畫一個黑圓圈。岩橋一看到這樣，突然趴在石盤[29]上哭起來。我完全不知道到底怎麼回事，只是傻愣愣地看著老師。下課後，姊姊來教室找我，笑著說：「你上課時跟同學說話，對不對？」我懷疑到底是誰告訴她的，但也覺得自己似乎做了什麼壞事，就強辯道：「我絕對沒有跟同學說話。」姊姊反駁道：「雖然你想隱瞞，可是你看看自己姓名上方被畫了一個黑圓圈。」這時我才明白那個黑圓圈代表做了壞事，突然感到很悲哀。

36

岩橋很喜歡用紅鉛筆在課本上亂塗鴉，例如：在一個警察從火災現場牽著迷路孩子的手走出來的插圖中，他會在哭泣孩子的背後畫上放射狀的強烈背光，警察的

29 石盤為附有木框的薄岩石板，上方畫有方格子。由於可以擦拭，可用來練習寫字之類。類似現代小黑板的用途。

眼睛被他塗得很大，大到好像就快破裂。他還在石盤上畫獨眼小鬼和三眼小鬼，然後對我發出「嘿、嘿、嘿」的笑聲，故意要讓我看到那些圖。由於黑圓圈事件，我再也不想回應而有意忽視他，他竟在書桌下緊握拳頭搖晃，怒目看著我。下課後，他對握緊的拳頭哈氣，準備上前毆打我，我趕緊逃到走廊躲起來。這時，同班有一張紅咚咚的臉、髒兮兮的同學走過來，對我說道：

「送你一個好東西。」

他要我把手伸出來。我心想他可能要欺負我，但又很害怕，只好乖乖把手伸出來。沒想到他竟然把兩、三顆紅色果子放在我的手掌上。我根本不想要這種東西，可是因為他是好意想讓我開心，所以就露出微笑對他說：

「謝謝！」

直到五、六年後，我才知道那是學校後面的美男葛（又稱實葛，即日本南五味子）的果實。由於他的臉紅咚咚，所以被取了一個「猴臉少年」的綽號，又因為他的名字叫長平，所以大家都稱他「TYOPPEI」[30]，他是位於傳法院大門前的一家魚店的兒子。從此以後，他成為我唯一的朋友。其實，我總是盡可能地不跟他說話，不知為何他老是抓住機會一直要跟我說話。有一天，他慫恿我道：

「等一下上課的時候，我們一起去上廁所吧！」

我回答：

「我不想被老師罵，所以不想去。」

沒想到他面露兇樣，咬牙切齒說道：

「不想去就算了，那就去當由兵衛[31]的兒子吧！」

我只好急忙答應道：

「好、好、好。我去，我去。」

他的心情立刻轉好，說道：

「你只要跟著我做就可以了。」

30 長平的讀音為「TYOUHEI」，「TYOPPEI」則為如頭蓋狀頭巾之意，大約是孩童之間的戲謔。
31 由兵衛即梅澤吉兵衛，為搶奪錢財而殺害孩童被處刑的壞蛋，後成為淨琉璃戲曲中的一個角色。

上課開始不久，他便舉手對老師說：

「老師，我可不可以上廁所？」

老師答道：

「你真的需要上廁所嗎？你在說謊，對不對？」

他不為所動，仍然說道：

「我真的想上廁所。」

對老師而言，學生在課堂上尿褲子，當然是不好的事，所以馬上說道：

「那麼就去吧！上完廁所馬上回教室，知道嗎？假如在途中偷懶的話，我一定給你一個黑圓圈。」

老師就這樣准許他去上廁所。其他五、六個學生接二連三舉手，說自己也要去上廁所。他和一群孩子蜂擁而出上廁所時，視線投向我，我突然清醒，才提心吊膽地對老師說：

「老師！」

我模仿長平舉手，並且懇求道：

「老師，我可不可以上廁所？」

老師不知道我是被長平指使，立刻答應讓我去上廁所。

廁所離教室有點遠，位於隔壁八幡神社竹叢下方。長平在那裡等我一過來，就說：

「我們一起來玩相撲吧！」

我看到其他同學有的越過走廊欄杆，跑去摘乳草根，有的把黏土做成球互相丟來丟去。大家都以上廁所為藉口，跑到這裡來偷懶。長平再三催促我道：

「來玩相撲吧！來玩相撲吧！」

在這之前，我除了跟大阿姨玩過四王天清正之外，不曾玩過相撲，一時之間感到很困惑。無可奈何之下，我只好消極地說：

「為了避免發生危險，不要太用力喔！」

之後敷衍了事地跟他玩相撲。大力氣的長平大聲喊道：

「衝啊！衝啊！」

說罷輕而易舉地撲向我。我這個清正踩到自己的裙襬，立刻坐倒在地，他洋洋得意地說：

「你太弱了，下次再來玩相撲吧！」

他比我先一步回教室，我整理好衣服，也緊跟在後。一回到教室，他若無其事地說：

「老師，我回來了。」

說完輕輕點頭敬禮，我也默默地點頭。其他人陸續回到教室。不過那些摘乳草根的同學，可能吸甜樹液耽擱太久而被老師罰站，同時還被老師發現他們的衣服上有乳草根，所以被狠狠斥責一頓。我心中暗下決定，以後在上課時再也不去上廁所了。

37

我們最喜歡的課就是修身課[32]。因為老師會給我們看一幅漂亮的掛圖，還會講一些很有趣的故事。掛圖的內容有一隻中彈的母熊為避免牠的兒子被大岩石壓死，抱住大岩石而死的場景；也有一個大將軍托腮凝視一隻蜘蛛結網的情景等。大家都被漂亮的圖畫所吸引，也對老師所講的精彩故事聽到出神，經常要求老師再講一個。這時老師就會說：

「只要大家有禮貌，我就會講很多故事。」

老師翻開一張又一張的掛圖，繼續說故事給我們聽。每次都如此，幾乎都快看完一本掛圖了。不過，很奇怪的是，老師從來不講第一張，也就是有一個外國女人抱著孩子在雪中昏倒的掛圖的故事給我們聽。大家對這件事似乎沒有任何疑惑，也不曾要求老師講那個故事。其實，我最喜歡那張圖畫，所以非常期待老師講那張掛

32 修身課，類似台灣國中、高中的「公民與道德」。

圖的故事給我們聽，卻總沒機會聽到。下課鈴聲一響，學生三三兩兩地跑到老師身邊，有的坐在老師腿上，有的抓著老師的肩膀，要求老師再講故事，想再聽一次已經聽過的故事。我不敢像同學那樣毫無顧忌地黏在老師身邊，只是站在遠處注視掛圖。老師轉過頭來問我：

「小〇，我講一個故事給你聽，你想聽什麼故事呢？」

他看到我臉上泛出紅暈，又說道：

「說說看！說說看！」

我下定決心，結結巴巴地說道：

「這個。」

我用手指指著那張我最喜歡的圖。其他人好像並不喜歡，異口同聲地抱怨道：

「這張不好玩，不好玩。」

老師也說：

「這個故事確實無趣，你真的想聽嗎？」

老師確認我是否真的想聽，我默默地點頭。老師發現我還沒聽過這則故事，便說服那些不喜歡聽的同學，特別為我這個轉班生講一遍。那是在下雪天迷路的母親，把自己身上穿的衣服一件又一件脫下來給孩子穿，自己卻凍死的故事。那張圖沒有讓小孩子感到開心的繽紛色彩，故事內容也很簡單，所以大家都認為不好玩，老師也就不再講了。不過，對我來說，那個故事很有意義。我認為它和大阿姨講常磐御前[33]給我聽的時候一樣，讓我覺得很可憐。老師講完後，問：

「是不是很無趣呢？」

我誠實地搖搖頭。老師露出意想不到的表情，同學們則是露出輕蔑的神情吃吃地笑。

33常磐御前為平安末期戰亂的歷史故事《平治物語》中的登場人物，武將源義朝的側室，源義經的生母，是當時著名的美女。由於丈夫在平治之亂中戰死，大雪紛飛下，帶著三個孩子逃命。

38

從此以後，我很想躲開別人的視線，一個人獨處，所以常常躲在書桌下或櫃子裡。只有躲在那些地方，才能讓我獲得一種我難以形容的平和和滿足。我最喜歡躲藏的地方，就是有抽屜的衣櫃旁。由於衣櫃旁面對倉庫，除了朝北的窗子會有光線射進來之外，全都黑漆漆。那是我家最陰暗的房間。在朝北的窗子和衣櫃之間，剛好有一處空間可以讓我坐下來。我常坐在那裡，凝視窗子上的放射狀裂紋、窗戶旁的梔子樹、纏繞在枯樹上的美男葛，還有美男葛的紅色藤蔓，以及在藤蔓上吸食樹液的蚜蟲。我獨自一人就可以獨坐消磨掉半天或一整天，所以在不知不覺間習慣一邊喃喃自語，一邊用鉛筆在衣櫃上寫一、兩個「を」字。不久，大大小小的「を」把整個衣櫃表面都覆蓋了。後來，父親察覺我常常躲在那裡，感到很奇怪，就悄悄跑去偷看。當他發現衣櫃上的情況後，認為我是無聊才會寫那些字，只說：「練習書法，應該寫在練習簿上。」並沒有為此責罵我。其實那絕不是胡亂寫的字。我覺得這個「を」的形狀好像女人的坐姿，對我這個膽小、體弱多病的孩子來說，每當發生不如意的事情，就很期待從「を」字中獲得安慰，因為它了解我的心情，也會親切地安慰我。

搬家到這裡之後，我仍然一再做噩夢，常常在深夜裡抱著頭到處亂逃。噩夢之一：在半空中有一個直徑約三十公分大的黑漩渦，好像時鐘的發條般不斷旋轉舞動。當我強忍恐懼時，突然飛來一隻奇怪的鶴，把那個黑色大漩渦給叼走了。另一個噩夢則是，在黑暗中某種好像五臟六腑般亂成一團的東西，突然變成一張女人的臉，嘴巴張得極大，眼睛撐得極開，整張臉被拉得很長。接下來她把嘴巴閉上，然後往左右兩邊拉長，眼睛和鼻子一直縮小縮得皺巴巴，整張臉變得又扁又大；我害怕到哭了出來，那張臉仍然繼續伸縮。我認為我之所以會做這些噩夢，都是大阿姨講太多故事給我聽的緣故，家人建議我換臥室，所以我換到父親身旁睡覺。每晚，父親都講些宮本武藏、義經與弁慶等的英勇故事給我聽，卻沒什麼效果，妖怪絲毫不在意父親的存在，依然不時出現。在以前的臥室裡，我認為妖怪會從壁龕的天花板上跑出來，現在則是認為掛在屋柱的八角形時鐘可能會變成獨眼妖怪，四張拉門會變成很大的嘴巴。

39

有一天，父親聽從醫生的建議，為了體弱多病的我和母親的健康有所助益，帶我們到海邊去旅行。途中，一些只有在百家詩紙牌上或畫帖上才會出現、想像中的大自然景色，竟然出現在我眼前，實在讓人太開心了。我看到自己無法想像的大海，也看到一艘帆船發出閃閃銀光，行駛在湛藍清澈的海洋上。當那艘船穿過懸崖峭壁時，不知為何一股悲哀之情湧上心頭。看到好不容易才在海岸長出來的雜草，也會覺得很可憐。那裡有一座南京人祭拜的好似龍宮般的廟，有個南京老婦人將小石頭扔在鋪石上，不知在祈求什麼。我還看到一個用髮油把兩條辮子抹得好像人偶般的小女孩蹣跚地走著；這些情景真是太美好了。在一家販賣貝類工藝品的商店裡，擺放很多以海底寶物做成的裝飾品。父親為姊姊買了幾根簪子，也買一盒海螺給我。我心想父親為什麼不把那些漂亮的東西全買回來呢？坐在人力車上，穿過松樹林立的海岸時，無論人力車走到哪裡，都是松樹。說到松樹，新年時家裡常見的高砂掛圖上就畫有松樹，大阿姨常說松樹便是神木，所以我很盲目地喜愛松樹。不久，我們來到一家旅館。我在路途中悠哉地享受松樹林的靜謐，一到旅館，就看到很多人鬧烘烘，不禁哭喊：「我要回家！」領班和女服務生趕快跑過來，好像熟識多年般地叫我「少爺」，並且不斷哄我。不久，我安下心來，不再哭泣。我就這樣一整天聞著海風的香味，發呆地望著小松樹林後方海浪拍打海岸的情景。

夜晚，燈火通明。燈光是以幾條竹籤作為圓筒，再以紙條覆蓋，以風雅的黑漆台子為底座。有一隻小蟲被燈光引誘而飛過來；牠有很漂亮的綠色，左右眼睛相隔，非常可愛。我試著用手指壓住牠的瞬間，牠輕巧地逃到燈光的另一側。還有一隻青羽衣也飛過來。

有一晚，我走出廊下到庭院看煙火，一個漂亮的女人拿一包糕餅給我，說：

「送你。」

人家說她是一個藝妓；之前曾聽說過藝妓是專門以騙人為工作的可怕人物。那個藝妓走到我身旁，還說：「你長得很可愛。」「今年幾歲呢？」等等。她把自己的手搭在我的肩膀上，差點就要貼住我的臉看著我。我被她那充滿香氣的袖子給遮住，以致無法回答，只能滿臉通紅地抓住欄杆。不過，轉念間突然想到她該不會要騙我吧？頓時覺得很可怕，忙從她的衣袖衝到母親身旁。我心跳得很快，把這件事告訴母親。母親笑著責罵我對藝妓沒禮貌。後來我看煙火時，都下定決心再碰到她，一定要謝謝她送我糕餅。不過，她可能對我的態度感到生氣吧！所以再也沒有走到我身旁來，我也沒機會讓她知道我的後悔，真的感到很遺憾。

有一天，我跟父親一起走到松樹林的深處。那裡充滿松樹的香味，而且有很多松果掉落在地上。父親慢慢地走著，我因為忙著撿松果，要小跑步才能趕上他。我邊在心中愉快地和塞滿袖子、懷裡的松果對話，邊跟在父親後頭小跑步。不久，我們來到一個亭子，那裡有個白眉毛的老人用竹製耙子掃松葉。看到他的時候，我情不自禁開心叫道：「啊！高砂老翁[34]真的出現啦！」——我真的有這種感覺——我變得一點都不像平日的我，不停地主動找父親說話。當我們回到旅館時，父親告訴母親：「今天光頭章魚話很多喔。」還笑了起來。

40

當我們結束旅行回到家時，才發現阿國因為父親工作的關係，已經搬到很遠的地方了。我感到很孤單而且有些失望，不過從那時候起我不再做噩夢，身體也明顯有所發育。但我依然是一副傻呼呼的模樣，也常常沒去上課。不去上學倒不完全是因為身體孱弱；對於未經世故的孩子來說，學校是一個過於複雜、充滿痛苦而讓人

34 高砂老翁為謠曲〈高砂〉中登場的老翁。

不愉快的地方。在學校唯一讓我感到開心的，只有班導師中澤先生，因為他是一個好人，我很喜歡他。我的座位就在老師的書桌前，無論我缺課多少次，中澤老師都不曾抱怨，看到我做出來的事很糟糕，也只是一笑置之。不過，有一次我卻被中澤老師責罵，因為我和鄰座的安藤繁太打架。不知為何我和那傢伙互看不順眼，彼此的關係非常不好。有一天上數學課時，他在石盤上畫一張大小眼的臉，並在那張臉旁邊寫上我的名字，然後邊給我看邊奸笑道：

「嘿、嘿、嘿。」

我也畫一隻有眼睛、鼻子的木屐，然後寫上「大小眼的傢伙」給他看。他一看，突然踢我一腳，我立刻還手往他的腹部打一拳。雖然我們在背地裡打架，但還是被老師發現。老師不像平日那般嚴肅，問我們：「你們為什麼打架？」我把一切原原本本地告訴老師，堅持自己沒有錯。不過，繁太卻向老師撒謊，說是我先嘲笑他。老師就說打架雙方都不對，放學後不讓我們回家。其他同學都抱著書包回家，還有同學好奇地站在教室門口衝著我們笑。等到所有同學都回家了，校園一片寂靜。我暗忖假如這樣一直下去，我不就不能吃飯，也不能睡覺了嗎？我希望大阿姨早點來接我，並且替我向老師道歉。這些念頭不斷在腦袋瓜裡打轉，眼淚不由得就湧出來了。老師交互看看我和繁太快要哭出來的臉，吃吃地笑，假裝在看書。繁太那傢伙好像很想回家，不斷撫弄揹在肩膀上的書包帶子，最後終於哭出來，向老師道歉說：

「對不起。」

於是老師說：「你終於道歉了。很勇敢，那就原諒你。」便讓他先回家了。

雖然我也很想回家，但我受不了自己沒做錯事竟然被留在教室。好幾次我都很想哭，卻不敢哭出來。最後我還是忍不住哭出來了。一旦哭出來，就雙手握拳，不斷揉眼睛，哭個沒完沒了，邊哭邊思索是非曲直，心想假如能發現自己也有錯，就不再哭。否則我實在吞不下因為自己年紀小、身體弱、力氣差，就被不講理地蠻橫欺壓，心中暗自發誓，一定要雪恥。我抽抽搭搭地哭，盡情地哭，不止是心情，就連氣管都有一種非常通暢的感覺。但老師卻感到相當困惑，對我說道：

「只要道歉，你就可以回家。只要道歉，你就可以回家。」

我認為自己沒有錯，所以絕不道歉。但是聽了老師的話以後，終於明白雖然先打人的繁太有錯，可是在上課時反擊的我也有錯，因此便低頭向老師說一聲：

「對不起。」

老師果真就准許我回家了。家人聽聞此事，都笑著說那個膽小的光頭章魚竟然會跟人打架，真是奇蹟啊！

41

由於我經常沒去上課，一到考試，就發現自己幾乎什麼都不會。其他人很快就作答完畢回家，我卻獨自一人好像燙熟的章魚般臉紅懊惱，真是痛苦萬分。其中最痛苦的莫過於朗讀課本的考試；我都是最後一個被點名到老師的書桌前朗讀課本，老師要我朗讀蔚山籠城[35]的章節。我連「蔚山」這兩個字都不曾看過，所以根本念不出半個字，只好悶不吭聲地站在那裡。老師沒辦法，只好一個字一個字的教我朗讀，但我只看到加藤清正被明軍包圍的插圖，完全無法理解這到底是什麼故事。老師還是很有耐性地說：

「那就讀到哪算哪吧！」

說完便把課本扔到我面前。我無所畏懼地回答：

「我什麼也讀不出來。」

考試結束後，我的座位仍然沒變。當時我認為自己的座位在最前排，代表我就是第一名。雖然掛在教室裡的名牌，我是最後一個；老師點名時，我也是最後一個；我的學習能力確實很差，不過這些事實絲毫沒有動搖我自認是班上第一名的念頭。縱使黏在自己喜歡的老師旁邊也不會被罵，這不就代表我是第一名嗎？我從來不曾受頒獎狀，但回家後每每自誇是第一名，家人總是笑著稱讚我：「了不起，了不起。」在這種情況下，我怎不會自我感覺良好呢？

35蔚山籠城，指一五九七年朝鮮聯合明軍對抗倭軍的蔚山之役。

學期快結束的某一天，我家隔壁有人搬來了。我家和隔壁之間只有屋後的旱田和杉樹籬而已，所以可以自由來往。我在屋後偷偷看新鄰居的時候，恰巧有一個看起來跟我同年齡的女孩走到杉樹籬邊，看到我的瞬間立刻躲到杉樹籬後方，透過籬笆間隙悄悄窺視我。不久，她從杉樹籬後方走出來，看我一眼，我也看她一眼，然後又若無其事地各自轉到另一邊。如此重複幾次後，我發現她的身子瘦小，看起來好像有什麼疾病，不知不覺就喜歡上她了。當我們四目相對時，她先微笑，我也跟著微笑。她好像把臉轉過去般，以單腳旋轉一下，我也跟著旋轉一下。她輕盈地跳起來，我也跟著輕盈地跳起來。然後她又跳起來，我也再度跳起來。如此多次的跳動後，我竟離開扁桃樹，她則離開杉樹籬，彼此越靠越近，近到可以交談的瞬間，傳來她的家人的呼喚聲。

「小姐，吃飯咯！」

她答應一聲：

「知道了。」

便急忙跑走。我覺得很可惜，回家匆匆吃個飯，又跑到那裡去，看到她已經在那裡等我，並且和善地對我說：

「我們一起玩吧！」

說完走到我身邊。原本我以為可能還要再跳個五、六次才會成為朋友，沒想到這麼快，所以就臉紅了。不過，我答應道：

「好啊！」

便也靠近她。她不再害羞，以活潑的聲調問：

「你今年幾歲？」

我回答：

「九歲。」

「我也是九歲。」

她笑了笑，又說道：

「不過，因為生日是在過年的時候，所以我是『年頭囝』。」

我問她：

「妳叫什麼名字？」

她爽快地回答：

「阿蕙。」

我們互通姓名、寒暄之後，阿蕙說：

「我快要上學了，我們應該是同一所學校吧！」

我聽了很開心，就告訴阿蕙我們學校有多好、修身課有多好玩、班導師有多和善等，希望阿蕙喜歡我們的學校。阿蕙是一個好勝、善於交際的孩子，她有一雙大眼睛，頭髮烏溜溜，光滑而蒼白的臉頰上浮現美麗的血管。因為她的個性活潑又早熟，所以對我這個膽小又傻乎乎的「年尾囝」而言，如同女王君臨，不過我很滿足這種情勢，也下定決心要服從新女王的指揮。

42

有一天，我看見阿蕙的祖母帶她來學校，便好像發現新大陸般興奮。隔天起，阿蕙就抱著書包和我走進同一間教室。因為她是新同學，老師叫她坐在最前排，跟我坐在一起，這讓我無法專心上課，總忍不住斜眼偷看她，可是她很認真地垂著頭一動也不動。下課時，因為她還不認識其他同學，所以都一個人發呆。其實我很想和她搭訕，但因為怕被別人開玩笑，所以不敢跟她說話。我想她應該了解我的心情，也不跟我說話而裝作若無其事的樣子。如此胡思亂想一整天，好不容易挨到放學，回家路上我還在想回家後要跟她說這個、說那個。一到家，我立刻跑到屋後，她已經在那裡玩沙包了。

「阿蕙！」

我先招呼，並且急忙跑向她。但是她露出輕蔑的表情，說：

「我不想和最後一名的傢伙一起玩！」

說完就掉頭回家了。我感到非常沮喪，回家後把這件事告訴了大阿姨。

晚上，家人照例聚在飯廳的時候，聽家人說起，我才知道自己其實是班上的最後一名。儘管我依然堅持自己是第一名，但聽到最近老師對家人所說的話，我忍不住放聲大哭。老師說話的內容是這樣的：您們家的孩子智力比較差，所以不能對他要求太多，他的學習成果很不理想，我實在無法讓他及格。請您們要多幫他複習功課，好準備下一次的考試。至此，我才發現原來長久以來自己是班上的最後一名，突然感到很羞愧。我也才醒悟，因為老師認為我天生智能不足，無論缺課多少次，他都不計較，無論考試成績有多差，也從不責備我。我認為老師根本就看不起我，我也明白成為班上最後一名是可恥的事。一直以來，我都深信自己是第一名，所以也不想認真用功讀書。如果有人早點告訴我真相，我一定會好好複習功課，一定不會缺課。我覺得所有人都很可惡，心情非常激動，好幾次一想起這件事，忍不住就哭出來。大阿姨看到我這個樣子，也同情地邊哭邊安慰我：

「不要哭，不要哭。」

然後把我帶到臥室去了。

這件事之後，家人為我準備一張小書桌，要求我每天都要複習和預習功課；已經上過的科目要複習，大阿姨竭盡所能地幫我學習算盤、書法等，其他科目就由兩個姊姊來幫助我。雖然每天在教室都會碰到阿蕙，讓我感到心酸，也很不愉快。這件事之後，我不再缺課，每天都乖乖去上學，而阿蕙對我漠不關心，都跟其他同學一起玩。我覺得自己比同學差，所以變得很消極。對我來說，在家裡被家人要求複習和預習功課，更是痛苦。雖然很沒面子，可我實在無法理解老師上課的內容，好幾次都很氣餒而想放棄一切。但是家人為了鼓勵我，都會給我糖果、餅乾作為獎勵，讓我再接再厲繼續學習。每天這樣複習、預習，我終於漸漸開竅了，一句一句把課文背起來，一題一題解數學題目。我的知識急遽累積，信心也增強，開始對讀書產生了興趣，每天放學回家後，都自動自發坐在書桌前複習和預習功課。其實，如此做的主要動機還是來自期待被讚美。不久考試來臨，在下一學期時，我便考到第二名，阿蕙則是女生中的第五名。

43

隨著我急遽變聰明，有如脫胎換骨般感到整個世界都變明亮，孱弱的身體也明顯好轉。無論參加什麼競賽，我都在前三名，包括相撲、奪旗等。日子就在平靜中度過，有一天，班上第一名的莊田搬家了，我接替他當班長。那時，我對阿蕙的羞愧與氣憤早已消失，所以很期待兩人之間那種好似一棵萌芽卻沒開花就枯萎的小草般的友情，能夠在春天的陽光下愉悅地恢復生機。看起來阿蕙好像也跟我有同樣的期待，我們只是在等待一個重修舊好的機會而已。

孩子的人際關係如同狗群之間的關係，一個強者就能夠壓倒其他人。莊田離開後，我成為當中的強者，便在同學們都很順從的狀況下大耍威風。不過，我深信自己是在那種年齡層的淘氣鬼中最善良的一個。

有一天，長平忽然被同學們排斥，大家嘲笑他是「猴臉少年、猴臉少年」，他氣得滿臉通紅地追趕那些同學，最後無可奈何，終於哭出來，一頭趴在課桌上。我看到這種情形，一馬當先衝進那群圍繞著長平嘲笑的同學當中，嚴厲告誡大家，從今天起，不准再叫他猴臉少年；從此以後再也沒有人敢叫他猴臉少年。這是我對他曾經送我紅色果子的報恩。

不過，那個岩橋依然愛欺負弱小，經常戲弄女生。有一天，老師照例帶大家到虎杖山去運動，他一個人跑進草叢裡，拚命摘那些有刺的果子。我心想他肯定又要惡作劇。不久他雙手捧著一大堆果子，眼神好像武智光秀[36]般走出來。女生平常就很怕他，所以都不敢靠近，但很不幸有個女生恰巧走過他身旁，那就是阿蕙。只見他好像一頭找到獵物的野獸般，突然擋住阿蕙的去路，往她身上扔了兩、三顆果子。阿蕙叫喊道：

「不要扔啦！不要扔啦！」

她邊以袖子遮住邊逃跑。但岩橋卻窮追不捨，繼續向她扔果子。阿蕙逃跑時不小心跌倒的瞬間，就放聲大哭了。我看到這種情形，立刻跑去撞倒得意洋洋的岩橋，

36 武智光秀為淨琉璃《繪本太功記》的登場人物。

顧不了又哭又叫的他，趕緊走到已經爬起來卻還沒撣掉身上灰塵、正以衣袖掩住整張臉哭泣的阿蕙旁邊，把黏在她頭上和衣服上的果子一顆顆拔起來。阿蕙不知道誰在幫她，只是懊惱地不停哭泣，繼續讓我幫她整理。沒多久她便不哭了，好像很想知道誰在幫她的忙，於是從袖子縫隙看到我。當我們四目交接時，她開心地微笑，長長的睫毛因為眼淚而沾濕，大眼睛漂亮地閃閃發亮。從此以後，我們的友情好像含苞待放的嬌豔牡丹花蕾，連蝴蝶展翅的微風都感受得到似地盡情怒放，彼此的感情越來越融洽，也越來越親密。

44

放學後，我都迫不及待地趕緊把功課複習或預習完畢，然後匆匆跑到屋後的旱田跟阿蕙一起玩，因此那裡有許多美好的回憶。假如我先到的話，就會邊獨自踢石子或跳繩，邊焦急地等待她。假如阿蕙先到的話，就會拍球，並且故意發出很大的聲響。那顆球有紅色和藍色的毛線編織出來的圖案。我們一見面，就先猜拳。阿蕙每次猜拳輸我時，都會故意搖晃肩膀表現出很焦急的模樣。

「親愛的小姑娘，阿米今年十歲嗎？」

「親愛的小姑娘，阿米今年二十歲嗎？」

我很會拍球，阿蕙總是等很久才輪到她。所以她為了讓我拍不好球，會故意朝我丟繩子或把棍子伸過來。

「親愛的小姑娘，阿米今年十歲嗎？」

「親愛的小姑娘，阿米今年二十歲嗎？」

阿蕙每次拍球都拍到雙頰發熱；她總是隨著拍球的動作而不斷點頭，並且使勁地跟著球旋轉。每當她旋轉時，那一頭又長又直的頭髮就會纏繞在肩上，一雙腳好像互相追逐的白老鼠般東轉西轉。由於她不想讓球掉下來，甚至會用下巴夾住球，或把球抱在胸前玩耍，一直累到精疲力竭，才肯停住。

「HO—HO—KEKYO，黃鶯呀！黃鶯呀！在上京的途中，上京的途中，不小心就在梅花樹的枝上睡著了，夢見赤坂奴，發現枕頭下有一封信，從千代那邊寫來一封信……」

她不在意自己衣服的下襬如何，一心一意只顧拍球，好像一隻愛玩的小兔子，兩隻手在球上方輕快地跳躍，從張開的嘴巴深處發出爽朗的聲音，以美麗的聲調唱著天真無邪的歌曲，在我耳邊留下餘韻。當夕陽沉入原野，月亮緩緩上升，躲藏在花園的小飛蛾就會振起灰翅膀，一隻又一隻的到處飛。少林寺的羅漢松上，飛來一群烏鴉嘎嘎叫，我家庭院的珊瑚樹，有一群麻雀嘰嘰喳喳。這時，我們就會邊望著漸漸變白的月亮，邊齊聲唱著兔子歌。

「小白兔，小白兔，看到什麼就會跳？看到滿月就會跳，就會蹦蹦跳。」

我們把雙膝合併，雙手放在膝蓋上，彎著腰蹦蹦跳。我們原本就玩得很累，所以只跳個兩、三下，就累得一屁股摔坐在地上。彼此四目相視，看到對方的模樣，又哈哈大笑了。兩人就這樣盡情玩到忘掉一切，直到家人呼叫我們回家。柔順的阿蕙無論任何時候，聽到人喊：

「小姐，該回家咯！」

她都會乖乖地答道：

「好。」

雖然她露出不想回家的神情，卻立刻回去；當她要回家時，我們會用力以小指打勾勾，約定明天還要一起玩。這時還得加上一句：如果失約，小指一定會爛掉。雖然我並不相信這種說法，但聽到這句話，不免感到有些恐怖。

45

隨著我們日益親密的互動，好勝心強的我和倔強的阿蕙之間，也越發容易產生小爭吵。有一天，我們一如往常在我家屋後拍球。由於我球拍得比阿蕙好太多，她要等很久才能輪到，所以很不爽地抱怨，哭著用袖子打我。那一瞬間，小沙包從袖袋掉落在地，阿蕙根本不去撿，只顧叫喊：

「再也不跟你一起玩了。」

說完雙手掩臉哭泣。雖然我沒理由道歉，但還是向她道歉，不過她沒任何回應就回去了。我不假思索地把小沙包撿起來帶回家。但這件事讓我忐忑不安；她會不會認為我是小偷而責罵我？我是不是應該悄悄地把小沙包放回原處？還是等明天直接放在她的課桌裡？我感到非常懊惱，左思右想。總之，對於自己的抽屜裡放著別人的東西，一整夜都感到很擔心又不安。翌日早上，我很害怕見到她，但沒見到她又很不放心。我很早就去上學，一個人坐在教室裡自習，邊想起昨天的事情和種種往事。不久，同學一個接一個的進教室，教室裡越來越熱鬧。但我沒看到阿蕙，心想她會不會因為生氣而不來上課呢？不過還不到她平日進教室的時間，所以等等再說吧！我正在懊惱時，看到經常很晚才來上學的長平都進教室了。這讓我更加坐立不安，不停地往校門那邊偷看，直到看見阿蕙帶著書包走進來才放心。她沒想到我竟然出現在大門口，因為我故意若無其事地從校門旁邊走過，剛好和她四目相對。她有點不好意思地露出微笑，我們沒說話就進教室了。看起來應該沒事，她已經沒那麼生氣了。那天我非常擔心又不安，她卻一整天都跟同學玩得不亦樂乎。回家後，我一邊做功課，一邊煩惱自己等一下該不該到屋後。忽然，我家大門悄悄地被拉開，有人低聲說：

「你好。」

我馬上跑到大門，在屏風後面喊道：

「阿蕙！」

我站在家門口的地板上，看到阿蕙帶著靦腆的微笑，可能是第一次來我家的緣故吧！當我看到她一如往常的純真笑容的瞬間，所有的煩悶都煙消雲散了。我把這位稀客帶到大門旁的自修室。

阿蕙不安地環視室內，靠在小窗邊看著種植在外頭的滿天星，然後平靜地說道：

「昨天是我不好，對不起。」

她雙手擺放在榻榻米上，表示後悔地道歉。她道歉的態度有模有樣，好像一個小大人，讓我感到有些手足無措，但想到她讓我擔心了老半天，實在很不痛快也很後悔昨天自己怎麼就向她道歉。聽說昨天阿蕙回家後被家人責罵。她懇求我把小沙包還給她，我故意讓她焦急一陣子，才把小沙包從抽屜裡拿出來。她的小沙包材質是友禪縐綢，這是一種外出和服的布料，有桐花、鳳凰展翅等各種圖案。當我們在玩小沙包時，那些小沙包好像蝴蝶飛舞般上下飛揚。每次阿蕙邊玩邊點頭的時候，戴在她頭上的紅白横條紋髮簪的流蘇就凌亂地往她的太陽穴甩一下。

「換騎馬，換坐轎，換騎馬，換坐轎。」

她為了不讓手背上的小沙包掉下來，往往會犯規。

「穿過小橋，穿過小橋。」

她那纖細的手指在榻榻米上做出小橋的樣子，讓小沙包輕輕地穿過小橋。阿蕙耳朵玩到發熱時很漂亮；她越焦急，越容易在重要的階段失敗。當阿蕙過不了關，就會不情願地把小沙包扔掉或甩衣袖。後來她每天都來我家玩小沙包。

上朗讀課時，老師為了替我們複習，想出「搶讀」的比賽遊戲。那就是把班上分為男生組、女生組，先由一個人開始朗讀課本，當他讀錯時，就由對手組的另一個人從讀錯的地方接下去繼續朗讀，如此交互朗讀到最後一句。朗讀完畢時，朗讀比較多的那一組就是贏家。無論男生平日如何耍威風，一旦遇到朗讀比賽，就像洩氣的皮球般輸給女生。因為男生很急性子，以致容易讀錯，只能一直把朗讀的機會讓給女生。有一次我是第一個朗讀，為了避免太著急而出錯，剛開始時便慢慢讀。大家看我好像讀得很不順的樣子，都帶著輕蔑的神情嘲笑我。出乎大家的意料之外，我一個字也沒讀錯，仍然繼續慢慢讀。日本武尊橫掃草叢的故事，栗色毛的馬、茶褐色毛的馬、帶有灰色斑點的菊花青馬等馬匹的故事，黑人騎駱駝走在沙漠裡的情景等，一頁又一頁地朗讀下去，快到最後一頁的元寇[37]故事時，我看到一張日本的

37西元十三世紀，中國元朝皇帝忽必烈襲擊日本時，日本通稱元軍為元寇。

小船正要划向被風吹得東倒西歪的中國軍船群的圖畫上，寫著「閏七月三十日夜晚，神風吹襲，十萬大軍僅三人倖存」。女生們看到這種情況，才後悔自己太大意了。她們連我在朗讀換氣時，都是一副很想舉手指出我哪裡讀錯的模樣。當我看到班上女生如此狼狽，覺得非常好笑。我沉著地繼續朗讀到陶器篇，不過因為我對陶器並不感興趣，每次複習時都故意把這篇文章跳過不讀，所以讀得很不流暢，果然就讀錯了。我心不甘情不願地把朗讀權讓給那個指出我讀錯的女生，心中暗忖到底是哪個可惡的傢伙。抬頭一看，沒想到竟然是阿蕙，這讓我有種又喜又氣的複雜感。但阿蕙竟然懊惱地哭出來；她的眼睛紅紅的，拿著課本起立，卻因為抽抽搭搭地哭泣而無法朗讀。不久，下課鈴聲響起。那天是男生組罕見地完全勝利。

回家後，阿蕙一如往常來我家玩。她的眼眶還有一點腫，難為情地說：

「我覺得很可惜。」

然後從袖袋裡拿出一條繩子，對我說道：

「我們來玩翻花鼓吧！」

阿蕙把漂亮的繩子纏繞在白裡透青的手腕上，緊貼著自己的膝蓋，隨著細長手指的伸縮轉動，變化出各種不同的形狀。她說：

「水。」

然後把繩子轉到我手中。我小心地接過來，變化出另一種形狀，說道：

「菱角。」

接著又把繩子轉給阿蕙，她用十根手指頭再變化出另一種形狀。

「古箏。」

接下來又輪到我。

「猴子。」

「小鼓。」

兩人就這樣好像互相手接手在編織我們的友情般相親相愛，永不厭倦地一直玩下去。

47

有一天上修身課時，老師指示道：

「今天，我要每個人都代替我講一個故事。」

說完便把自己的椅子拉到火爐旁，叫那些好勝心強或愛開玩笑的學生上台說故事。平時一派孩子王或惹人憐愛的學生站在講台上，被大家一注視，便緊張到臉頰抽搐、舌頭打結，什麼話也說不出來。老師叫一個姓所、身材高大，平時都被同學推舉出來扮演馬的學生最先上台講故事。他緊張到膝蓋抖個不停，一上台就說：

「我要講一個布襪的故事。」

老師說：

「啊！布襪的故事？好像很有趣喔。」

儘管老師故意把氣氛營造得很好，所姓同學還是結結巴巴地把故事說完。他說：

「從那邊流過來一隻布襪，從這邊流過去一隻布襪，兩隻布襪流到中間撞在一起，再三翻來翻去，好辛苦[38]。」

說完趕緊衝回自己的座位。老師接下來叫一個姓吉澤的同學上台，他是一個上排牙齒被下排牙齒遮蓋的老實人。他邊嘿嘿笑邊上台說：

「我要講刺槍的故事。」

老師也說道：

「這次是刺槍的故事啊！一定也很有趣吧！」

吉澤說了以下的故事後，也回到自己的座位去了。

「從那邊流過來一支刺槍，從這邊流過去一支刺槍，兩支刺槍流到中間撞在一起，哎呀！哎呀！好辛苦[39]。」

38 布襪的日文讀音為TABI，再三的日文讀音為TABITABI，兩隻布襪（TABITABI）在中間撞在一起，與再三（TABITABI）的日文讀音相同。

39 刺槍的日文讀音為YARI，哎呀的日文讀音為YARIYARI（YAREYARE），兩支刺槍（YARIYARI）在中間撞在一起，與哎呀（YARIYARI）的日文讀音相同。

這種簡短的故事都被別人講完了，所以我暗中擔心被老師點到名。然而，很不幸地我竟然是最後一個被點名的。雖然大阿姨講過很多故事給我聽，但卻沒有一個是又短又簡單的故事。我無可奈何，只好講河童頭上凹盤的水被弄乾的故事。一開始講故事，我就很大膽地不時看著我在意的阿蕙。慢慢把故事說完後，我向老師行禮，正要回到自己的座位時，老師笑著說：

「你的臉皮相當厚啊！」

還輕輕敲一下我的頭。接下來就輪到女生講故事了，不過她們都扭扭捏捏不敢上台，所以老師決定從坐在最前排的女生開始，依照順序講故事，可是她們都不敢出來，還有女生哭著不願意上台。點名到第五個女生時，阿蕙好像已經下定決心。

「有。」

她老老實實地答應一聲，就上台了。她連脖子都紅了，低垂著頭，短暫沉默一下子，然後有如夢遊般開始一句一句講故事。我對她又擔心又同情，以致情緒起伏不定，根本無法正視她。不過，隨著故事情節的演進，她睜開眼睛露出有如大人般的架式，口齒清晰，聲音伶俐地娓娓講述。她所講的故事是我常常說給她聽的「初音小鼓」。同學們一方面被她從容不迫的態度吸引，另一方面也忘我地陶醉在故事的有趣情節中，教室內一片鴉雀無聲。她說完故事時，老師如此說道：

「今天每個男生都上台講故事，女生都不敢上台。原本女生應該是輸的，不過因為○○所講的故事實在太精彩了，我認為今天是女生贏，真是太厲害了。」

女生們不由得綻放出笑容來。這一瞬間，阿蕙臉紅紅地低著頭，回到自己的座位上。我看到她這樣子，又開心又有點嫉妒，真有些後悔自己為什麼不講那個故事給大家聽呢。

48

冬夜裡一起遊玩，頗為愉快。手指凍僵的阿蕙，一進我家就往火爐靠。每天晚上，大阿姨為了這個可愛的小客人，把一堆木炭補在火爐內。阿蕙凍得縮著肩膀，整個人幾乎都要趴在火爐上烘烤熱氣。我等得不耐煩了，於是就拉著她的辮子，用手指頭玩弄她的頭髮。原本她就是一個愛生氣的人，有時候還真的哭出來。這種時候，我一點辦法都沒有，只能一味道歉。我貼在她低垂的頭的耳邊，賠罪道：

「對不起、對不起，不要生氣嘛！」

她只是一個勁地搖頭，不肯原諒我。但是哭過一陣子，等她情緒好轉，就會說：

「沒關係啦！」

然後露出有點可恨又哀愁的微笑。有時，當我看到她這種微笑，就會幫她把微紅眼眶內的眼淚擦一擦。

阿蕙很善於裝哭，偶爾兩人爭辯到不可開交時，她會突然生氣地將臉趴在我的腿上，放聲大哭。我一邊感受著她的重量和體溫，一邊為安慰她而做出一些舉動，包括拔起她頭髮上的簪子、故意伸手搔她的胳肢窩。但我越是想安慰她，阿蕙越是哭得厲害，以致雖然確信自己沒有錯，還是得不斷點頭哈腰道歉。下個瞬間，原本趴在我大腿上的她突然起身，並伸出舌頭，露出洋洋得意的表情，開心地大笑。我看到她伸出來的舌頭光光滑滑的，很多次都這樣被她騙了，所以我也習慣了，只能觀察她額頭上浮現多少青筋，來判斷她是否真的在哭。

阿蕙也很善於扮鬼臉。每次我被她打敗，她就會隨心所欲地讓自己的面貌起變化，露出自己想要的表情，邊說「眼睛上揚」、「眼睛下垂」，邊以雙手拉開或縮緊眼眶。我很討厭看她扮鬼臉，倒不是因為我被她打敗的緣故，而是明明長得那麼端正的容貌，卻故意做出醜陋的模樣，包括翻白眼、張大嘴巴，這讓我感到很無趣。

我就這樣每天跟阿蕙玩在一起，不知不覺中她變成和犬神君、丑紅牛一樣，成為我最親密的夥伴。她所感受到的毀譽褒貶、幸與不幸，也都轉化成我的感受。當我開始覺得阿蕙很漂亮的時候，殊不知讓我有多麼洋洋得意！不過與此同時，我的容貌竟也成為我的憂愁。因為我很希望自己是一個帥哥，能夠吸引阿蕙的關注。我心中開始有一種希望我們能夠一直當好朋友、永遠玩在一起的念頭。

有一晚，我們一起靠在小窗邊，站在照射著百日紅的月光下唱歌。當時我發現自己擱在小窗上的手腕真的很美，皮膚白皙又光滑。這是月光映照瞬間所產生的效果，但我多麼期待事實上就是這般美！我有感而發說：

「妳看，我的手腕多漂亮！」

同時伸出手腕給阿蕙看。她回道：

「哎喲！」

也把自己的手腕伸出來給我看，粉嫩的肌膚看起來好像壽山石。我們都覺得很不可思議，竟然就在寒冷的夜晚裡，互相露出胳膊、小腿、胸部等身體各部位，彼此都忘我地一直發出驚嘆聲。

49

當時我家西鄰搬來新鄰居。這家人是以金銀絲線刺繡為副業，他家兒子「富公」也轉到我們班上。他的成績並不好卻又很愛強辯。由於比我們大兩歲，力氣又強，很快就成為孩子王。因此，我已經無法繼續耍威風，但為了顧及面子，不願順從他，自然而然就被大家排除在外。由於他家附近沒有玩伴，每天放學回家，他都約我到屋後一起玩。其實，我並不喜歡他，比較想跟阿蕙一起玩，根本不想跟他玩，但害怕引起他的反感，不得已才跟他一起玩。原本活潑的阿蕙只是在圍籬旁開心地看我們，後來忍不住跑到我們身邊，跟著我們跳繩、轉箍圈等。機靈的富公稱阿蕙「小姐、小姐」以取悅她，還會倒立、翻筋斗給她看。阿蕙原本就很喜歡這些技藝，後來都叫他「阿富」，而且只跟他玩。我自小被大阿姨照顧長大，只有跟阿國一起玩的經驗，根本不會耍那些技藝，也沒能力博取小女生的歡心，不得不悲哀地看著小女王對富公的百般寵愛。

晚上，阿蕙到我家來玩的時候，也是不停地阿富長、阿富短，我為了讓她開心所準備的繪本和故事書，完全無法吸引她的注意。當我們三個人一起玩，富公耀武揚威地罵我很笨、沒出息時，阿蕙也跟著富公嘲笑我。我感到非常懊惱，為什麼大阿姨把我養成一個不會倒立、不會翻筋斗的沒出息的人。我非常討厭富公卻不敢反抗，有時實在受不了他所說的話，終於忍不住生氣地頂嘴，他卻以更難聽的話來罵我，然後低聲對阿蕙耳語，露出要有所行動的表情看著我，說：

「再見！再會！」

說完就掉頭離去。阿蕙也模仿他說道：

「再見！再會！」

然後跟著富公離開了。我想他一定是帶阿蕙到他家去了，自此阿蕙就不曾來我家。偶爾相遇，她也是面無表情，掉頭就走。我認為這一定是富公教她的，這個念頭令我幼小的心靈充滿嫉妒與憤怒。在學校裡，他教唆同學抓住任何機會來欺負我。我不得不承認他口才很好、力氣很大。因此，對當時的我來說，只有成績第一名這件事，才是我心中唯一的自信。然而，這件事畢竟只有當阿蕙存在時，才有意義。

我過著沒有阿蕙、幾乎都快發瘋的日子。有一天，我躲在自修室裡獨自苦惱的時候，忽然傳來熟悉的木屐聲。雖然我很吃驚，卻克制自己的情緒，不敢打開窗戶。不久，門前響起那個難忘的聲音。

「您好。」

「看是誰來了呀？」

大阿姨故意裝傻地說道，然後拉開門。

「哎呀！沒想到是可愛的小姐來了。」

不知情的大阿姨好像抱起她問道：「妳感冒了嗎？」「妳去旅行了嗎？」等。

阿蕙穿過大阿姨拉開的門，悄悄地走進自修室，對我說：

「好久不見了。」

並且端莊地跪坐向我行禮。我抑制已久的情感和緊繃的情緒，在聽到這句話時，整個人忽然鬆懈下來，不由得叫道：

「阿蕙！」

然後懊惱的眼淚奪眶而出。阿蕙對我的情況好像漠不關心，從袖袋裡拿出小沙包。我問她：

「怎麼好久都沒來我家呢？」

她竟然毫不在意地答道：

「因為我去阿富家。」

我責問道：

「那今天為什麼不去他家？」

「因為我媽不讓我去阿富家玩。」

我對她的這個回答感到很洩氣，忍不住對她前些日子的態度埋怨了一番，阿蕙這才說：

「對不起。」

然後辯解是因為阿富對她說他家比我家更好玩。接著她又說道：

「因為被媽媽責罵，所以我不喜歡阿富了。以後我們還是在一起玩吧！」

我無法形容自己有多麼開心，阿蕙終究還是喜歡我。富公不知道這件事，肯定一直在等阿蕙去他家玩。隔天到學校，富公沒察覺我在監視他，當他靠近阿蕙身旁說話，阿蕙很冷淡地對他說：「我已經不喜歡你了。」看樣子阿蕙被媽媽責罵後，已經很輕視他了。

51

狡猾的富公知道阿蕙不喜歡他，裝出很熱絡的樣子來找我，費盡心思取悅我，同時中傷阿蕙，還告誡我：「我決定以後不再跟她一起玩，你也不要跟她一起玩。」雖然我心中暗暗嘲笑他，卻敷衍了事地隨口應答。當他發覺我和阿蕙已經恢復友誼時，開始設法狠狠地報復我們。每到下課時間，他就教唆同學來戲弄我們兩個。等到同學對於戲弄我們都感到厭倦了，他就到處耳語，說些荒謬絕倫的事情，撩撥大家繼續來欺負我們。我們就這樣被排除在外，常常感受到同學的有色眼光，處境相當悲慘。但這個情況卻讓我們的關係更親密；雖然在學校過得很不愉快，但放學後我們便歡天喜地的在家裡一起玩，也相互安慰。富公的報復行為變本加厲，我對他的敵意也與日俱增。對我而言，富公的嘍囉不足為懼，而且我也確信富公並不像大家想像的那般勇猛。我的這個信念是有根據的，因為每當我勃然大怒地反抗他，富公總是避免與我單挑，想方設法巧妙地逃跑，處心積慮以間接的方式把痛苦加諸到我身上，所以我漸漸看不起他，心中不禁湧起一個念頭，那就是我一定要狠狠報復他。過沒多久，有天放學時，長平悄悄跑來告訴我：

「富公說明天要埋伏對付你。」

長平可能害怕被富公發現自己來告密，所以話一說完，一溜煙就跑了。我非常感謝長平的通報。翌日早上，我把一根長滿癤、長約二尺左右的布袋竹隱藏在外褂下，帶著要去迎戰富公的心情上學。

當那一天最後一堂課結束後，富公立刻對同學們說：

「大家一起來！一起來！」

然後匆匆跑出教室。三、四個平日就很愛奉承他的傢伙，也跟著追過去。我決定等大家都走後，才離開教室。果然不出我所料，那一夥人埋伏在人跡罕至的八幡神社矮竹叢等我。那幾個對他百般奉承的傢伙故意輕輕地假咳幾聲，以表達對我的輕蔑。我下定決心，今天一定要打敗富公。當我若無其事地走過那裡時，富公命令道：

「各位，攻擊吧！」

不過除了富公外，其他同學跟我無冤無仇，何況未必能打敗我，所以他們只是在我身邊挑釁而已。其中一個住在寺院、患有角膜炎的傢伙，不知為何對富公那般忠心耿耿，突然從我背後抓住我的脖子。儘管富公心中充滿恐懼，卻被這個勇猛的夥伴鼓舞起來，大聲叫喊道：

「喂！你也太囂張啦！」

當他走到我身旁的一瞬間，我出其不意地以布袋竹使勁向他劈過去，沒想到他整個人立刻就洩氣了。

「不要，不要！不要打我！」

他邊喊邊以雙手摀著臉，低聲哭泣。那群小嘍囉看到平日耀武揚威的老大竟然這麼不堪一擊，頓時覺得自己的處境很尷尬，露出後悔為虎作倀的表情，不約而同喊道：

「跟我沒關係。」

小嘍囉三三兩兩地抱頭鼠竄逃跑了。不過，最令我驚訝的是那個患有角膜炎的傢伙，好像打算跟老大一起戰死般，閉著眼睛拚命抓住我的脖子。雖然我很勇猛，但他這種舉動卻讓我感到非常困惑。好不容易終於擺脫他的手而離開那裡時，我也有一種快要哭出來的感覺。

52

日子就在每天折斷冰柱，以硬木炭釣雪[40]的遊戲中飛快度過，眼見桃花節就快到了。我家有一套雛人偶，那套雛人偶在神田大火災時奇蹟般地倖存下來，可是狀態並不好，原本五人一組的樂師人偶，只剩三人，背著幾根箭的武人偶的箭幾乎都沒了。不過，每年為了替孩子陳列出一套雛人偶，大阿姨都會收集家裡一些不值錢的東西，例如以貝殼做成屏風，或以千代紙（彩色印花紙）做成方木盤盛著麵粉製的小甜點代替已經不見的道具。因此對孩子而言，那套雛人偶相當不簡單。雛人偶排列在緋色毛氈的台子上，大家討論後，決定最上一層的雛人偶由我、第二層由大妹、第三層由小妹分別負責。每當各自向雛人偶奉上菱形年糕和米餅時，我就有一種難以形容的喜悅。我還記得曾經被家人嘲笑，說我很擔心蠑螺在自己睡覺時逃跑。桃花節那天，我們特意邀請阿蕙來家裡玩。阿蕙鄭重其事地穿著非常漂亮的和服和有紅流蘇的外衣過來。當我們很有規矩地坐在陳列雛人偶的台前一起吃煎豆時，大阿姨就會把三杯一組當中的小杯子給客人用，中杯子給我用，並且幫我們倒入白酒。白酒好像一根棒子般地從酒瓶口流出，當杯子漸漸滿起來時，我們好像兩隻快樂的

40「硬木炭釣雪」是一種將木炭綁上線，來釣屋簷下飄雪的遊戲。

小魚兒般，以門齒噙著白酒慢慢喝。對於喜歡孩子的大阿姨來說，能夠讓孩子開心，就是最快樂的事。她也喝著白酒，並且說：

「你們兩個都很可愛！很可愛！」

還邊說邊以雙手撫摸我們的背。至於奶媽，一定就會說：「你們好像一對雛人偶般可愛的夫婦。」但她說這話，讓我們感覺挺討厭的。雖然阿蕙也帶著球和小沙包來，不過由於穿著漂亮的和服，所以只是以手指頭玩弄一下而已，不好意思像平常那樣喊：「一起來玩吧！一起來玩吧！」所以我們改玩雙六、水中花、十六武藏、南京玉[41]等遊戲。阿蕙越玩越起勁，當時姊姊剛好送我一對毽球拍，所以我跟阿蕙就拿那對畫有成田屋的勸進帳和音羽屋的助六[42]的毽球拍，一起到我家屋後。由於我們兩個都穿著和服，看起來很像兩隻金魚，加上毽球拍很大，所以接兩、三次羽毛毽子就接不住了。

「賣油屋的阿染，久松十歲了！」

我們邊唱這首歌，邊半開玩笑地拿著毽球拍互打。

53

桃花節過後不久，阿蕙的父親過世了，阿蕙有一陣子沒來我家。一天晚上，突然又傳來她的木屐聲，我以為她又要來我家玩。但她看起來很悲傷，我感到非常難過，我的家人也很難過，大家不斷地安慰她。最後，她才告訴我們：「明天我就要搬家了。」阿蕙說是要跟祖母、母親一起回故鄉。她悶悶不樂地說：

「我喜歡搬家，但以後再也不能跟你一起玩，讓我很難過。」

她的話讓我有一種無可奈何的哀傷，一時之間兩人都沉默了。今晚是一起玩的最後一次機會，所以家人也都跑來跟阿蕙一起玩。大阿姨非常感傷，凝視著阿蕙說：

41 雙六、水中花、十六武藏、南京玉都是以小石子為道具來玩耍的遊戲。
42 成田屋（市川團十郎）扮演勸進帳的場景，以及音羽屋（尾上菊五郎）扮演助六的場景。

「真是不幸的孩子。」

翌日，阿蕙跟著祖母一起來到我家大門前辭行。聽見阿蕙一如往常般以小大人的口吻告別，我很想衝出去跟她見面，但卻突然湧起一股莫名的害羞，獨自躲在拉門旁。阿蕙離去後，目送她們的家人都異口同聲讚美道：

「真是一個漂亮的小姐。」

聽說阿蕙穿著桃花節那天的和服來。我孤單地坐在書桌前，捫心自問：「為什麼不跟她見面呢？」最後不禁哭出來。奶媽看到我這模樣，說道：

「你也好可憐啊！」

我一大早就去上學。我靜靜地坐在阿蕙的座位，才發覺自己非常想念她，忍不住趴在課桌上一動也不動。原來阿蕙是一個調皮鬼，在書桌上用鉛筆畫了很多山水天狗、ヘマムシ入道[43]之類的畫。

那已經是二十年前的往事了。不知為何我總覺得阿蕙已經往生，但有時候卻又覺得阿蕙還在人世間，偶爾還會想起我們在一起的那些日子。

大正元年（一九一二年）初稿

43 山水天狗、ヘマムシ入道都是文字遊戲，就是以草書體的山、水兩字畫出天狗，以片假名ヘ、マ、ム、シ和草書體的「入道」這幾個字畫出光頭人物。

後篇

1

中澤老師為人溫和卻很容易動怒，當他生氣的時候，會以教鞭打學生的頭，常常用力把人打到頭暈。不過，我很喜歡中澤老師；為了嘗嘗被老師打的滋味，特地折了一根種在我家庭院的棕櫚樹樹枝給他。老師總是笑嘻嘻說：

「謝謝。這東西最適合打頭。」

說罷作勢要打我的頭。雖然我經常不乖又任性，老師好像也拿我沒辦法，但我自信老師很喜歡我，因為每當老師看到大家不乖，氣到臉紅脖子粗的時候，同學都怕得縮在一旁，只有我毫不在意地笑著看他生氣的樣子。以致有一天校長來巡堂時，老師抱怨對我這個神經遲鈍的孩子，實在一點辦法都沒有。校長走到我身旁，對著正開心聽老師向校長報告自己事情的我，問：

「你不怕老師嗎？」

「我一點也不怕老師。」

「為什麼你不怕老師？」

「因為我認為老師也是人啊！」

校長與老師相視苦笑而沉默。當時我已經看出大人在裝腔作勢的外表下，隱藏著一顆滑稽的孩子心，所以我不像其他孩子般對大人有什麼特別的敬意。

日子在平靜中度過。中日甲午戰爭爆發。由於我罹患嚴重的麻疹，休息好幾天才去學校。上學那天，才發現我們的班導師換人了。聽說中澤老師被徵召入伍。平日中澤老師常常講軍艦的故事給我聽，直到此刻，我才知道原來他是隸屬海軍的軍人，後來生病，轉為後備軍人。那個講《西遊記》給我們聽，一邊舔畫筆一邊畫漂亮圖畫的老師，除了會以棕櫚樹枝打人的頭外，我非常喜歡他，但從此再也見不到了。這種感傷讓我覺得很悲哀，下課時拜託同學詳細告訴我中澤老師離開時的情形，可是他們只顧趕快跑出去玩。老師離開也還不到半個月，看來大家都把他忘記了。

那些硬被我拉住的人認為被妨礙到而心生不滿，毫不帶感情地呆坐，緊繃著臉一言不發。一陣子後，才有一個同學終於想起一件事，說道：

「那天老師穿獅子毛的外套。」

其他同學也異口同聲說：

「對、對、對，獅子毛。」

「對、對、對，獅子毛。」

簡直就是一群笨蛋，竟然只記得獅子毛（不過，我猜這群笨蛋肯定弄錯了，可能根本不是獅子毛吧），其他的事全忘了。他們這種態度，讓很想知道詳細情形的我感到非常焦急。終於有一個同學說：

「老師對我們說，老師要去打仗了，這可能是最後一次跟大家見面，以後你們要乖乖聽新老師的話，認真讀書成為有用的人。」

聽到這，我忽然淚流滿面。同學們都呆呆地看著我，有的人還輕蔑地笑我。他們體會不出我為什麼哭，所以才嚴守老師教導大家的訓示——「男人三年只一哭」。

2

對我而言，更不幸的是我不喜歡新任的丑田老師。這個老師會柔道，學生都很怕他，他也很喜歡炫耀自己的柔道和防身技術的精湛。老師除了曾讚美我圖畫得比他好而給我一個三重圓圈外，我絲毫無法從他那裡獲得任何知識，所以我不喜歡他，也許他也不喜歡我吧！不知不覺間我和他變得好像仇敵。

日本和中國開戰以來，同學們整天都在談論「大和魂」和「小中國」，加上老師也像放狗咬人般不斷評論「大和魂」和「小中國」；我打從心底就很討厭這種言論。老師每次都講元寇和討伐朝鮮的故事給大家聽，卻不講豫讓復仇和比干挖心的故事。唱遊課裡，老師教大家唱戰爭歌，也教大家跳那種很無聊像體操的舞蹈。同學們都以好像要迎戰不共戴天的小中國來襲般聳肩、張開雙臂，用力踏著幾乎把草鞋踏破的激動腳步，在塵土飛揚的教室裡瘋狂跳舞。我覺得跟這群傢伙一起跳舞真是可恥，故意以不和諧的高音亂唱一通。原本就很小的運動場，也有很多同學扮演加藤清正、北條時宗[1]等英雄，然後把膽小的同學視為小中國而抓去斬首。街頭上，原本掛在書畫店門口的千代紙各種美女圖，都換成槍林彈雨等無趣的圖畫。眼睛所看到、耳朵所聽到的一切情景和物品，讓我覺得很生氣。有時候，我還看到同學聚在一起，以他們一知半解的謠言熱中談論戰爭。當我講述跟他們不一樣的看法，認為日本終究會被中國打敗時，他們對於我這個料想不到的大膽預測感到驚訝而面面相覷，不過他們那種可笑又可貴的同仇敵愾情操，很快就高揚到無視我這個班長的權威。有人故意大聲對我說：

「哎呀！不好意思，不好意思。」

有人則是摩拳擦掌。還有人模仿老師的口吻說：

「你不知道嗎，日本人具有大和魂。」

我一個人難敵眾人的攻擊，但對他們越來越反感，也更確信地斷言道：

「日本肯定會被中國打敗，肯定會被中國打敗！」

然後，我坐在這群異議分子當中，絞盡腦汁想打破他們那種毫無根據的主張。大部分同學連挑著讀報紙都沒有，也沒看過世界地圖，沒聽過《史記》、《十八史略》等故事，所以大家終於被我一一反駁而勉強沉默下來。但心懷不滿的他們，感到非常不舒服，下一堂課時，馬上向老師告狀：

「老師，阿〇說日本肯定會被中國打敗。」

老師一如往常般高傲地說：

「日本人具有大和魂。」

他也一如往常以難聽的話大罵中國人。我對老師的胡言亂罵感到很不舒服，忍不住加以反駁道：

「老師，日本人具有大和魂，中國人應該也有中國魂吧！日本有加藤清正、北

1 加藤清正、北條時宗都是日本歷史上的戰將。

條時宗等英雄，中國也有關羽、張飛等英雄啊！我記得老師曾經講上杉謙信把鹽巴送給敵人武田信玄的故事[2]給我們聽，還說那就是憐惜敵人的武士道精神。你為什麼經常罵中國人呢？」

我一股腦把所有的不滿傾訴一空，老師聽完後愁眉苦臉說：

「阿〇沒有大和魂。」

我感到自己的太陽穴已經暴露出青筋，但我無法把所謂的大和魂這種東西拿出來給他看，只是滿臉通紅而沉默。

雖然，忠勇無雙的日本軍打敗中國軍，我的預言並未實現，可是我對老師的不信任和對同學的輕蔑，也沒消失過。

因此，我不想跟同學一起玩，不知不覺跟大家漸漸疏遠，常常看不起他們而加以嘲笑。有一天，一個老師看到我獨自站在走廊，倚在長年被那些頑皮鬼擦磨得閃亮亮的扶手，望著在藤樹花下玩耍的同學，露出譏笑的神情，突然問我：

「你為什麼在笑？」

我回答：

「那群孩子玩耍的樣子很可笑。」

老師也笑出來，說：

「阿〇也是一個孩子啊！」

我認真地答道：

「孩子是孩子，但我可不像他們那群笨蛋。」

「你真是難搞啊！」

老師丟下這句話後，就走進教員辦公室，把這件事告訴其他老師。我想自己可能是一個讓老師很頭痛的學生吧！

2 傳說上杉謙信曾在兩軍對峙時，敵軍武田信玄被斷鹽，謙信認為戰爭與百姓無關而送鹽給敵方。

3

我完全看不起所有同學，卻以早熟的心思打從心底同情那群笨蛋中的笨蛋，也就是那個姓蟹本的同學。他幾乎就是一個白癡，從身材看來，年齡應該是十六、七歲吧！聽說他留級過兩、三次才升級，以致現在才會跟我們同班。其實，他根本不知道自己的年齡，就跟世上所見的白癡一樣，容貌相當稚氣，所以也沒人知道他真正的年齡。因為他圓滾滾的臉上有一顆蠶豆大的黑痣，大家都很喜歡他；我曾半開玩笑地對他說：

「蟹本，你的臉頰上有一滴墨汁喔！」

他露出呵、呵、呵的笑聲，慢慢地說：

「那～不～是～墨～汁～，那～是～黑～痣～。」

他把一個跟自己身材完全不搭、沒有撥珠的小算盤隨意歪歪斜斜戴在身上，上課時覺得無聊，就跑回家去。總之，人們通常會去憐憫比自己笨拙的人，也因為大家這種卑鄙利己的同情，使得蟹本成為全世界最自由的人。不過，他當然也不是每天都很快樂。當他不快樂時，大概就不來上課，縱使來上課也緊繃著臉趴在桌上，然後不知為何突然就哭出來，一定得盡情發洩後才會停止哭泣。等到他把湧自不幸而暗黑心中的悲哀全都以哭泣散發出來後，他就把小算盤掛在肩膀上，打道回府了。在這種情況下，如果有人找他搭訕，他也不會露出不幸的人常有的純真笑容，而是發出好像鸚鵡的叫聲把人趕走。但是，在他心情開朗的時候，縱使沒人要求，他自己也會主動提議道：

「我想當你們的馬。」

他身材魁梧、力氣大、胖嘟嘟，所以騎在他所扮演的馬背上，會覺得真像一匹優秀的名馬。不過，當他瞬間不感興趣時，縱使雙方大將正戰得難分難解之際，也會突然直立起來，一動也不動。所以他也是一匹難以馴服的悍馬。

蟹本具有一種深不見底的沉默，眼淚就來自那個沉默中；我企圖了解為什麼會如此的理由，因此不在意他人的嘲笑，故意接近他。我趁他心情開朗的時候，對他說「早安」、「再見」等簡單的問候語，可是他好像帝王對臣子般，連點頭的簡單回應都沒有。我也不在乎他沒有任何回應，依然經常向他打招呼。有一天，蟹本離開那張好像被蝨子黏住般的桌子，悄悄地走到我身旁，以口齒不清的語調說：

「阿○～真～是～好～人～。」

然後輕聲笑一笑，就走開了。這件事讓我高興到差點跳起來，因為他所說的完全都是真心話。那時候我已經清楚知道人們經常在說謊，所以他簡單的一句話，令我深深感動，我相信自己可以安慰這個可憐人，於是好像獲得黑暗之門的鑰匙般開心。我認為現在正是時候，於是就走到他的鄰座跟他搭訕，但他只是獨自笑一笑，什麼都不回應。不久，他沉默地趴在桌上。我實在沒辦法，終於忍不住對他大聲喊叫。如此一來，我所做的一切努力立刻化為泡沫。我也才明白原來蟹本不是沒有朋友才孤獨一人，他根本不需要任何人。

4

我的哥哥也跟長到他那種年紀的人一樣，很想擴張自己的慾望；他以好奇心和親切心，企圖教導我這個各方面都跟他背道而馳的弟弟變成像他一樣的人。原本就喜歡釣魚到被人家稱為釣魚迷的他，想要拯救日日月月墮落於邪道的可憐弟弟。我相信哥哥絕對是為了拯救我（為了把我變成和他一樣的人），所以非教我釣魚不可。一到假日，他就強迫對釣魚毫不感興趣的我（怕他不高興，只好跟著他去釣魚的我），拿著釣具一起走路到本所，那裡有很多他所謂最好、卻是我最討厭的魚池。他在前往本所[3]的路上，趁機指責我帽子戴得歪歪的，連我對大拍賣的燈籠看到著迷，以致走路時左右手臂搖擺得不對稱、姿勢不好看也要罵。總之，就這樣把我從頭罵到腳。由於精神不濟，又走很長的路，弄得我疲勞不堪。一到魚池，我才能放

3本所指舊東京市本所區。

下心，但哥哥立刻要我坐在潮濕的魚池旁。每次我都覺得自己為什麼得一整天在這裡度過？不禁感到全身乏力。

滿是泥濘又散發臭味的魚池裡的木樁上長滿青苔。我看到池塘一隅漂浮著紅色腐鏽的淤水處，有一隻生活在水中的螳螂正在捕食水蠅，田鱉輕巧地潛入水中。光是這些情景就令人感到不舒服，何況附近的工廠還不斷發出敲鐵板的聲音，搞得我頭痛欲裂。哥哥稱讚我切蚯蚓切得很不錯，我卻開心不起來。拿著哥哥給我的釣竿，無可奈何地假裝專注在看浮標，腦子裡不斷浮現「為什麼我得被哥哥強制變成釣魚迷呢？」之類的無聊念頭。平素近視眼而看不太清楚的哥哥，在魚池邊突然變成什麼都看得很清楚。雖然他放著五支還是七支釣竿，不經意間還會注意我的浮標，喊道：

「哎呀！你看，魚上鉤了。」

我釣到魚，哥哥也要罵我拔釣鉤拔得不利落，因此我希望魚兒趕快脫離釣鉤，故意慢吞吞才把釣竿收起來。沒想到從水中出現一尾黃色腹部滿是泥沙的魚，我一邊覺得這尾鯉魚有夠髒，一邊凝視著牠。哥哥看我這樣子，生氣地把一個浮標往我這裡扔。在這種情況下，鯉魚已經逃脫釣鉤游回水中了。我就這樣辛苦地度過一整天，方才打道回府。但回家時，散發出一股魚腥味的魚簍讓我很不舒服。哥哥為了機會教育，故意繞道走那些我不喜歡的路，包括有骨董店、倉庫、貨車、水溝等的路，電線被風吹得啪啪響的路，有很多小攤販的路。我實在累得走不動，卻還得小跑步跟著哥哥走，原本路途就很遠，這下又故意繞道，以致當我們回到家附近前，已經日落西山。我感到既不愉快又忿忿不平……不久，看到夜空裡有一、兩顆閃耀的星星，想起大阿姨告訴我，星星是神明和佛陀居住的地方，便懷念地望著星星。哥哥見我走得很慢，生氣地罵道：

「你怎麼走那麼慢！」

我立刻被拉回現實，答道：

「我在看星星大人。」

聽到這樣的回答，他又大聲斥責道：

「笨蛋！不是星星大人，是星星啦。」

真是可憐人啊！如果我必須稱這個不知有什麼孽緣而得在地獄中結伴的人為哥哥，那麼稱呼孩子們所憧憬的天空中的冰冷石子為星星大人，也不是什麼壞事，不是嗎？

5

有一次，哥哥也是以學習為名義，帶我去海邊。哥哥對於我不曾有的爽快答應而感到高興，其實他不知道，那是因為我曾有過愉快的海岸之旅，以及有一個我喜歡的哥哥的朋友在那邊等我們的緣故。出發前一天，他帶我去毘沙門天的廟會[4]買一本《小國民》[5]給我。翌日早上，我跟著不像平日般嚴肅的親切哥哥出門。因為他的樣子讓我很安心，所以我帶著那本《小國民》雜誌出發了。那天是七夕，我看到鄉下地方家家戶戶都掛著以五色短冊裝飾[6]的小竹子，茅草屋頂上的鴨跖草竟然開花。我充滿好奇地看著那些光景看到入迷，不覺脫口而出：「為什麼都市沒有這種習俗呢？」結果又被罵了一頓。由於綠田、藍天、碧海、白帆令我心曠神怡而有很多話想說，也有很多想知道的事情，可是怕被哥哥罵，所以什麼話都不敢說，只好一個人獨自思索，心中實在很後悔跟他來旅行。但哥哥又罵我為什麼不說話。我不明白他為什麼老是生我的氣，後來才知道，原來是我沒問：「為什麼火車會運行？」

我們抵達的地方是一個讓人感到陰鬱的籬笆牆圍繞，到處都有貝殼亂扔的漁村裡的一間茅草屋。除了那個等得不耐煩的哥哥的朋友來迎接我們外，還有一對皮膚

4 毘沙門為日本的七福神之一。現在毘沙門天廟會為正月、五月、九月的五日。中勘助出生時的所在地、神田東松下的毘沙門天廟會則是六日。
5《小國民》為明治二十三年七月至明治二十八年九月期間所刊行的兒童雜誌，由學齡館發行，內容以具有教訓性質的歷史故事為主。
6 細長的短紙條。

曬得很黑的老夫婦，和同樣黝黑的女兒。由於恰好是午餐時間，好像黑貓般的一家人端出兩組食膳給我們三個人。因為這是那家人所用的餐具，等我們用完餐後，他們才能吃午飯，所以就要求我們吃快一點。我很焦急，只吃一半就停下來了。

因為房子很小，哥哥和我要搬到距離那裡大約四公里左右的海角。哥哥說他要邊散步邊跟他的朋友一起走過去，所以我便先坐上鄉下人力車出發了。人力車車伕是一個很胖、看起來很老實的人。我並不討厭他，但穿過那個讓人感到陰鬱的籬笆牆環繞的道路越久，越感到寂寞。雖然我努力讓自己放鬆，卻不由得想起我家的杉樹圍籬，以及全家在起居室的情景。想到今晚、明晚都不能回家，忽然有種想哭的感覺，不知不覺眼淚就掉在包覆膝蓋的圍毯上。附近正在遊玩的漁家孩子看到我這樣子，嘲笑道：

「哎呀！那傢伙在哭呢！那傢伙在哭呢！」

車伕幾次回頭看我，為安慰我而開口說話。但他講的話跟我們所講的很不一樣，我完全聽不懂。我看到漂亮的相手蟹從路旁的圍牆爬出來，卻被人力車的聲音嚇到而退卻的模樣，不由得很想有一隻螃蟹。不久來到海邊，道路沿著小山在岸邊蜿蜒前進。我很擔心海水漲潮時會擋住去路，車伕卻一點也不擔心，並且不知道在想什麼事而慢吞吞地走。當我們穿過一條鑿開的道路時，看到哥哥和他的朋友在我們後方，這時我才不哭了。哥哥快步追上，叫我下車。從到處都有岩石的岸邊到海裡，可以看到很多好像背鰭般的岩礁，被岩礁阻擋、無法前進的海浪好像光頭海怪般沖向岩礁而破碎。隨著彎曲的海岸，道路蜿蜿蜒蜒，海浪很有節奏地湧上岸邊。聽到海浪的聲音，寂寞之情油然而生，原本已停歇的眼淚再度掉下來。一個海浪沖破後不久，浪花也消失，我還來不及放下心，下一個海浪又破碎。經過一個海灣，轉到下一個海灣，聽到浪花破碎的聲音時，我肚子餓了，腳也痠了。不過，海角離那裡還很遠，海浪聲不斷傳過來。當我們追上牽著五、六匹牝馬的人群時，哥哥的朋友發現我在哭，悄悄地告訴哥哥，哥哥回道：

「沒關係，不用擔心。」

哥哥的朋友幾次回頭看我，然後停下來，親切地問我：

「累了嗎？」

「身體不舒服嗎？」

我老實答道：

「因為海浪的聲音讓我覺得寂寞。」

聽到這句話，哥哥瞪我一眼，說：

「那就一個人回家吧！」

說罷更加快腳步。哥哥的朋友聽了我的回答大吃一驚，一邊盡可能地讓哥哥息怒，一邊對我說：

「男生應該要更堅強。」

6

旅館位於岩石很多的海角起點附近，遠離其他屋舍，顯得有點寂靜。我們抵達旅館時，夕陽將沉，被夕陽染紅的雲朵好像車輪般旋轉。雲朵的色彩由紅轉紫、轉藍之後，融合為海天一色就消失了。我倚靠廊柱，看著海浪沖擊海角發出磷光的景色，忽然覺得心頭一酸，眼淚不知不覺撲簌簌落下。我邊把臉貼在柱子上，邊希望明天快點到來。山雨欲來風滿樓，松林傳來陣陣松濤聲，蟲鳴也響起。女服務生走過來關窗子，我只得進房間，為了不想讓人看到自己的哭相，便拿起《小國民》雜誌。卷頭插圖是被射中額頭的鬼童丸[7]一手舉起一張牛皮，另一手握大刀，要襲擊源賴光[8]的故事場景。當我一頁又一頁翻開時，被「少年大鼓」的標題所吸引而開始閱讀那篇故事。故事的插圖是身為主人公的鼓手舉起鼓棒敲打胸前的大鼓，毫不在意那些跟不上的夥伴、逕自前進的模樣。我在閱讀這篇故事時，宛如自己就是那個高個頭、遲鈍、平素被人當傻瓜的鼓手般，眼淚忍不住又落在書上。哥哥看到這種情景，又大聲責罵我。

7鬼童丸為講述源賴光英雄故事《古今著聞集》中的一名盜賊。
8源賴光為平安時代討伐大江山妖怪的有名武將。

翌日早上，白霧籠罩大海，白茫茫的海面傳來船隻行進的搖櫓聲，讓我感到很開心。我看不到船隻，卻聽到船隻發出好似幼獸想喝母奶時的叫聲。哥哥的朋友過來後，我和他一起到海濱散步。海濱上的白沙、石頭，以及被波浪沖上岸的海草都被朝露所潤濕，昨晚鳴叫得熱鬧滾滾的蟲聲，現在只在四處發出唧唧、唧唧、唧唧的輕語。陸地往海中傾斜的海濱之間有沙丘隆起，沙丘上長著雜草和被風吹到緊貼在一起的黑松，還有為了便於將漁船拉上岸或推下海洋的框道、好似鳥巢般的魚塘，以及船底進水時汲水用的提桶、繩索、海膽和海星等的外殼散置。不久霧散了，湛藍的海面上，火紅太陽升起、讓人開始感覺熱的時候，從沙丘的小路上走來一群喧嘩的漁夫、婦女和小孩，開始拖網捕魚。大家邊隨著嘿咻、嘿咻的聲音，邊平靜地一步步把拖網拉出來。海濱上堆積在四處的石花菜被人點火，冒出白煙。不久，哥哥獨自在一處岩礁游泳，我跑到下雨積水成池的小水塘裡撿石頭、貝殼等。那裡有很多寄居蟹，乍看之下像貝殼，不一會便伸出肢腳，輕快地走起來。這些寄居蟹躲進尖的、圓的還有其他種樣式的貝殼裡，看起來很有趣。哥哥的朋友不知在哪裡撿到一個長約六公分的大海螺送我，海螺上有兩個適合穿細繩的孔，我想回家後把姊姊給我的洋傘的流蘇穿上去。從岩礁回來的哥哥看到我雙手的貝殼和石頭，叫我把這些東西都扔掉。我只好露出可惜的神情，將它們一一扔掉，可我實在捨不得大海螺而猶豫不決。哥哥生氣地要打我，哥哥的朋友爬過來當和事老，讓生氣的哥哥允許我把海螺帶回家。那個大海螺至今還穿著流蘇，被收藏於年代已久的玩具箱裡。

7

哥哥抓住所有機會，熱心、綿密地嚴格訓練我，卻因發生一件事而完全結束兩人之間的這種關係。

哥哥漸漸不滿足僅限於魚池釣鯉魚，所以開始練習撒網捕魚。有一天，他一如往常拿著魚簍，又要帶我去附近的河川。走了約五百公尺的路，跨過一座橋，來到河灘。有人在河灘上晾曬製造紅白色花紙繩的框子，一排一排的好像盾牌般，不遠處則有一台水車。當我看到水車上長長的導水管互相推擠淌下的奔流，感覺那好像是一種生物，不禁害怕到發抖。大水車吐出水花，水花產生水泡，同時又嘩啦嘩啦不斷旋轉的樣子，真是太可怕了。水車旁的碾米場，散滿米糠粉，無數碾杵不停地發出響聲，好像獨腳妖怪在跳舞。每次我走到那裡，舌頭上都會有一股苦味和被壓迫的感覺。我們從那裡沿著河流往上游走的路上有一座堰堤。那座堰堤內的深藍色水流分成三股，其中一股流往對面的森林，另外兩股則是從堰堤口直落到地面，巨大的水流聲隆隆作響，水沫飛揚、水泡湧出，水流不但四處飛濺，還濺向懸崖。那些景色讓我感受到一種深層的寂寞與恐怖，很想早點回家。有人說那裡的瀑布主人是河童，也有人說長達六尺的大鯉魚就住在那裡。聽說這些事情都是親眼目擊的人所傳出來，還說每年都有一、兩個孩子被河童誘引，葬身在瀑布裡。因此有人為了替那些可憐的孩子鎮魂，遂在河邊的小砂石地上設置一個塔形木牌。我不由得在腦海中揣想，如今那些孩子到底在哪裡？又有什麼感受呢？以致連看到隨風搖擺的廣闊綠田，也不禁悲從中來，眼淚奪眶而出。由於我的淚水湧自內心的最深處，所以想停都停不住，為了避免被人看到我淚流滿面，只能低頭猛盯自己的腳下。我們走進散處於沿途的四、五間茅草屋中的一間。那是一家租魚網、賣釣具的店，被陽光曬到褪色的榻榻米上擺放著五顏六色的酒瓶狀、香蕈狀、圓狀浮標，還有線軸、釣竿等釣魚用具。庭院裡的水溝內有鰷魚、溪蝦悠游其中。沿著田間小路種植幾棵細細的小櫟樹，綠田邊有被漆黑森林覆蓋的丘陵。哥哥拿魚網，我拿魚簍，一起赤腳從瀑布旁的懸崖往下走去河對岸的低窪處捕魚。哥哥魚網一直都撒不好，今天卻撒得挺不錯。他明明很開心，卻對我說這實在很無趣。我站在河邊陰暗的森林旁，耳朵聽著蟬鳴，心裡想著田裡的紫雲英。哥哥偶爾捕到一、兩尾小魚，就說：

「我捕魚的技術進步了，進步了。」

哥哥把捕獲的魚放進我拿的魚簍裡，我為了讓那些魚呼吸，把魚簍放在流水中。我好像看朋友般往魚簍窺探時，魚兒也像我一樣膽小，儘管只是聽到很小的聲響，亦會驚惶失措地胡亂游來游去。期間，哥哥見我並不看他撒網捕魚的英姿，又開始嘀嘀咕咕發牢騷。

有一天，我站在河流裡，為了想撿一顆純白色的石頭而彎下腰，哥哥看到立刻問：

「你在幹什麼？」

我答道：

「我想撿顆石頭。」

「笨蛋！」

這次我不像平日般怕哥哥，因為這些日子以來，我徹底考慮良久。

「哥哥。」

我在他背後輕輕地叫道。

「哥哥可以捕魚，為什麼我不可以撿石頭？」

哥哥大聲喊叫道：

「你也太傲慢了。」

我冷笑地凝視哥哥的臉，反駁道：

「請問我這麼說有什麼不對？」

哥哥舉起手，威脅道：

「我要打你。」

我默默地把魚簍掛在下垂的樹枝上，爬上懸崖往家的方向走去。但是回頭看到哥哥坐在微暗的樹蔭下，突然覺得他很可憐。我想哥哥之所以會說那種話，應該是很寂寞。我站在河岸上大聲對他說：

「哥哥，哥哥，我會陪你啊！」

不過哥哥卻裝出不在乎的模樣，默默地準備撒魚網。

「再見。」

我禮貌地脫下帽子向他說再見，然後就獨自回家了。從這件事以後，我們倆絕不再一起外出。

8

我家附近有一棵被留下來的桑樹。父親一方面為了有所慰藉，另一方面也是為了給孩子生活教育，便向附近居民要了些蠶寶寶，給我們飼養。雖然母親和大阿姨經常說這事太麻煩，其實樂在其中。她們重新體驗往昔曾有過的辛苦，卻高高興興切細桑葉餵蠶寶寶。當躲在桑葉裡的蠶寶寶日漸長大，搖晃著圓嘟嘟的頭猛吃桑葉時，我請她們把五、六隻蠶寶寶放進裝羊羹的小箱裡。大阿姨告訴我蠶寶寶就是公主變身而來的。所以我每天睡前都會對蠶寶寶說晚安，起床後也會向牠們說早安，上學時都拜託家人記得幫忙餵食桑葉。放學回家後，姊姊用手巾覆蓋頭，把圍裙的兩端夾進帶子，我則抱著竹簍，一起去摘桑葉。我們努力挑選好吃的桑葉，摘到手指頭都變成黑色。蠶寶寶從冷冷的嘴裡吐出的絲線很漂亮，自古以來等待人家餵養才能活下去的這種昆蟲，根本沒有自行獲取食物的行動力，只能靜靜地等待人家扔下桑葉來給牠們吃。大阿姨卻自圓其說地講出一番道理。

「因為蠶寶寶原本是公主，很有規矩，不會到處亂跑。」

雖然剛開始，我不喜歡牠們身上的草腥味以及冷冷的身子，但「蠶寶寶原本是公主」的說法讓我變得不在意，而且還發現牠們背上的新月形斑紋很像可愛的眼睛。公主們歷經第四次修行，身體變得透明又純淨，再也不吃桑葉，左顧右盼開始尋找圓寂之處。我們輕輕地把牠們放入蠶繭架裡。不久，牠們找到舒適的地方，靜靜地搖著頭，開始編織自己即將躲藏的圍幔。起初看起來好像在搖頭，漸漸地就沒有任何動作。歸根究柢牠們並沒使用任何工具，只憑神通力便編織出好像稻草捆般的蠶繭，貼在蠶繭架上。我有一種被牠們拋棄的感覺，堅持要保存這些蠶繭。但母親和大阿姨很快就把蠶繭收集起來，放入鍋裡煮，然後把濕答答的薄黃線快速纏繞在框上；如此一來蠶繭就被悲慘地解體了。當蛹形屍體出現時，哥哥把屍體放進釣餌箱，趕緊前往魚池釣魚。我則從公主夢裡回過神來，蠶絲在織布房變成一塊有著奇妙條紋的布匹。

羊羹箱裡有好幾顆蠶繭，為留種而保存下來。不知自己的期待是否能夠傳達到那些蠶繭深處？還是公主無法捨棄陽光閃耀之下的生活？總之沒多久，她在烏溜溜的眼睛上方畫上漂亮的眉毛，展開充滿新生喜悅的顫抖翅膀，以如同昔日般可愛的姿態出現。她好像旋轉般向右走、向左走，四處尋找思念的伴侶。對我而言，這比出現在《竹取物語》中的公主更有趣，讓我忍不住去凝視。隨著時間推移，蠶變成繭，蛾破繭而出，最後產卵，這個過程讓我具備完整的知識。那真是不可思議、難以理解的循環。我希望自己可以一直用孩子般的驚嘆來觀看身旁的所有事物。人們很容易習慣於很多事情，進而習以為常，不再關心或加以忽視。不過，每年春天看到嫩芽都值得我為之驚嘆，因為我們所擁有的知識還沒有小小蠶繭所隱藏的內容來得多。

蠶繭羽化時，桑樹變少，人手也少，所以我們無法餵養太多的蠶寶寶。因此家人愚蠢地認為，羽化的蠶一定會被麻雀吃掉，便趁著從去年以來就跟公主結為兄弟的我不在家的時候，把她們當中的一半偷偷拋棄在屋後的旱田。我去摘桑葉時，偶然發現這種情形，大為吃驚，馬上跑回家去向家人報告這件事。家人卻顧左右而言他，不想做任何說明。我終於明白這一切，百般懇求家人允許我繼續養蠶，不過慘遭家人拒絕。家人明白無論用多麼老奸巨猾的詭辯，也無法騙過純真的孩子，轉而採取大聲訓斥的常用手段，企圖讓我死心。我非常懊惱、憎恨他們，狠狠瞪他們一眼後便瘋狂咒罵，並衝到屋後哭泣。如果那時我有捏碎他們的力氣，一定把他們繫成一串給麻雀吃。從此以後，每天我都在學校假裝頭痛而早退，替那些搖頭要求食物的兄弟摘桑葉。但是虛弱的牠們，由於日夜溫差大，日漸變少。

一個下雨的傍晚，大阿姨發現無論家人怎麼呼叫都不肯回家的我，站在屋後為那群被拋棄的蠶寶寶撐傘。我看到大阿姨，突然放聲大哭，抓住她的圍裙。有一顆像佛陀般的慈悲心的大阿姨，真的很想幫我忙，卻拿不出辦法，只能念佛經安慰我並且把我帶回家。之後家人發現那裡立起一個小石碑，我在石碑上寫著「嗚呼忠臣楠氏之墓」[9]。

9 作者模仿江戶時代德川光國為彰顯十四世紀的忠臣楠木正成所建立的石碑。

9

一方面由於境遇，另一方面也由於自己的性格，對於早熟又苦惱多的我來說，繪畫是我最大的安慰。父親送我一套繪卷，聽說那是某位善於四條派繪畫[10]的領主送給父親的一套畫稿，所以成為我的珍藏。對大阿姨來說，那是如同犬神君和「丑紅」附贈的牛玩偶般最容易讓我平靜的特效藥。繪卷裡有鷺、鶴、松樹、旭日東升等景象，美麗的大自然中最美麗的事物或情景，以夢想與憧憬讓當時還很純真的我陶醉。然而，光欣賞那些繪畫，無法讓我滿足，雖然我知道哥哥很討厭這些事，且可能會生氣，我還是費盡心思，才讓父母為我買一盒廉價的顏料（那個深藍色、醜醜的厚紙盒裡，只能放進八種顏料和一枝畫筆，紙盒封面有一隻跳躍獅子的商標）。我總是把那盒顏料放進姊姊讓給我的洗筆用具隨身攜帶。剛開始，我先臨摹故事插圖，然後從那套繪卷中選擇一些畫稿來臨摹。不過，缺乏老師來教我繪畫，我總是獨自躲在房間裡屢畫屢敗，想盡各種方法默默努力練習，包括線條技巧、用色技巧等。對我而言，這就是一種自由創作；猶太人的上帝在創造萬物之際，會不會有一種像我畫成功一隻鳥、一朵花時所感受到的滿足呢？以紅色顏料和黃色顏料調成橙黃色，連這種小事也會讓我歡天喜地。哥哥果然對我這種舉動感到很不愉快，當我把自己滿意的作品擺在桌上觀賞時，他就在我身旁故意嚴厲批判我的作品。但這種言行絲毫無法粉碎我那充滿喜悅、力量的創作勇氣。當我在挑選故事插圖裡花魁和公主所穿的衣服的顏色時，也會添加一條線在她們的下巴、改變她們的眉形。這樣自由自在地按照自己的興趣改變原畫，好像太古之神般把自己的創造物當成戀人而珍藏在抽屜裡。但我覺得很可惜的就是——世界上並不存在如我在紙上創作的那些東西般完美。

唱歌也是我所喜愛的嗜好。因為哥哥不許我唱歌，所以只能趁他不在家時，滿

10日本畫派的一支，因始祖松村吳春曾居住在京都四條而得名。

足一下，尤其在晴朗的夜裡看著美麗的月亮輕輕地唱歌時，出乎意料的眼淚竟奪眶而出，月光也在背後閃閃發亮。有時我會請來找姊姊玩、歌聲很美的朋友教我唱歌。在班上，我是最會唱歌的學生，但姊姊的朋友的歌聲實在太美妙，以致我只敢怯生生地跟著她輕聲哼唱。我們站在以前我跟阿蕙一起玩的窗邊唱歌。很多個晚上，梧桐葉被風吹得沙沙作響，蟲在鳴叫，一群夜鷺高聲飛過……

10

如今我最討厭的課就是修身課。因為升上高等科後，老師所用的教材已經不是掛圖而是課本了。修身課的課本封面不好看，插圖畫得很拙劣，紙張和印刷品質也很差。我很不想看那種爛書。課本內容都是一些以勸善為主題的枯燥無味的故事，包括孝子從老員外手中獲得意外財富的故事啦，正直的人成為富豪的故事啦！加上老師的解說總是以最低級的功利主義出發，所以修身課絕對無法讓我潛移默化成善良的人，反倒引起反效果。雖然我只是一個孤陋寡聞、經驗不多的十一、二歲孩子，卻怎麼也無法認同修身課的內容。「修身課充滿欺瞞」，這就是我的感想。雖然不禮貌的態度會被老師評為品行劣等，但我在上修身課時卻故意做出托腮、打呵欠、哼歌等不禮貌的舉止，以表露對修身課難以控制的反感。

我在課堂上已經多次聽到「孝順」這個名詞。但是大家所謂的孝順，就是基於如此出生、如此生活的現實為無上的幸福，所抱持的感謝之心。然而對於我這個早就感受到人生之苦的孩子來說，這種想法有什麼權威呢？我很想解開這個疑問。有一天，我向老師問起那個如同腫瘤般，大家都不敢去觸及而全然相信的所謂孝順。

「老師，請問我們為什麼非得孝順父母不可呢？」

老師吃驚地答道：

「因為有父母的庇蔭，肚子餓的時候才有飯吃，生病的時候才有藥吃。」

我說：

「但我並不那麼想活在世上啊！」

老師不愉快地說：

「因為父母的愛比山高、比海深。」

「但是在我還不明白這個道理的時候，我就得很孝順父母。」

老師突然生氣地問大家：

「明白孝順意義的人舉手！」

那些愚蠢的同學都興高采烈地一齊舉起手來。對於老師採取這種無理又卑鄙的方法，我感到憤怒不已。但是被同學圍繞而盯著看時，孤單的我感到非常丟臉而面紅耳赤，一句話都說不出來，只能沉默以對。從此，每次我提問的時候，老師都用這種方法讓我閉嘴。我也因為討厭遭受這種屈辱，有修身課的那一天，通常都不去上課。

11

某天晚上，有人約我去少林寺玩。有一個名叫阿貞、比我小一歲也比我低一年級的孩子住在那裡，我早就認識他，只是一直沒機會跟他成為朋友。因為我是第一次到他家玩，帶著不安和好奇心穿過沒有門板的山門。我們就站在種於井邊的桂花樹下，輪流大聲呼喊他的名字。阿貞打開門，邀請我們進到起居室。他的家人為歡迎我們這些稀客，把罕見的吊油燈掛在室內。這是當時很罕見的一種把燈火放入四方形玻璃箱的古早型油燈。我們坐在油燈往上下左右照射的燈光下，玩推將棋和道中雙六[11]的遊戲。我記得道中雙六的起點是「日本橋」，這一站還畫有賣鰹魚的小販；我在經過「御油（GOYU）」時誤讀為「OABURA」[12]而被大家嘲笑。這是我第一次在晚上跑出去玩，阿貞的家人很喜歡孩子，又很開朗，也跟我們一起玩，所以我感到非常開心。雖然我是第一次見到阿貞的家人，沒想到自己會跟他們玩得那

11「道中雙六」為以日本各地畫成螺旋狀的地圖，依照丟出的骰子點數前進，類似六、七〇年代的「大富翁」的一種桌上遊戲。

12御油（GOYU）為東海道的站名，油字的讀音通常為ABURA，以致作者會鬧笑話。

麼開心。天生身體孱弱的我，是兄弟姊妹當中被照顧得無微不至，也是最任性的一個，但仍得經常意識到行起坐臥的一切規矩，另外也因為沒有可玩耍的地方，所以從來就不曾像其他孩子一樣，盡情玩樂。因此對我來說，這個好像為孩子開放、沒有門板的山門內的空間，是一個無論如何都無法忘懷的自由天地。從此以後，我一有機會就跑到那裡玩。由於種種的遭遇讓我感受不到孩童般的幸福感。只有在那裡，我才能暫時放開心情，和一般孩子一樣天真無邪、開朗地玩樂。其實我經常感到很消極、憂鬱，只有在那裡，才能和其他孩子一樣學習在陽光下享受大自然。雖然我天生的個性，遭到哥哥很多嚴厲的負面批評，但我卻在那裡培養並形成我日後的人格，所以少林寺對我而言是個別具意義的地方。

這座寺院的信眾，主要是具有旗本身分的武士，江戶時代出版的手繪地圖也還看得到該寺院。不過，明治維新以後，大部分的武士都離開江戶，遷移到日本各處，縱使留在江戶的少數武士也沒落，於是這座寺院跟著陷入窮困，逐年荒廢。不過，大阿姨揹我去少林寺的時候，它大致上還保有原貌，寺院門口旁的屏風裡，還可以看到孔雀驕傲地垂著美麗的尾翼，一旁更有許多盛開的牡丹花和幾隻飛舞的蝴蝶，好像還沉醉在昔日的繁華夢中。寺院的左方有高大的扇骨木圍籬，越過圍籬就是庫裡[13]。沿著庫裡往前左轉，就是中庭。中庭裡有花壇和草莓園，還有幾棵老樹，所以到處都有樹蔭。從中庭右轉，可以看見一座面向西的主殿，一旁則是庭園，庭園角落有一棵很大的羅漢松，猶如岩石般的樹根延展到庭園中央，枝枒縱橫交錯，成為可供幾百名行腳僧休息的綠色天幕，現在則是可以讓我們躲雨或避開夏日豔陽的陰涼處。那裡下方的懸崖邊有蘿蔔園和菜花田，雜草叢生處則有一座老井，井底經常飛出許多蚊子。從羅漢松背面往北走就是山百竹堤防，其間有一條小路，往前不遠處可以看到栽種很多栗樹的墓園。我曾經看到在被栗子花、葉子和刺果覆蓋，而且都染成樹液色的墓碑上有蛭在爬行。

阿貞為人詼諧而純樸，從來不會抱怨，每次一起玩的時候，都順著我的意思玩

13 庫裡為住持及其眷屬的居所。日本和尚是可以結婚生子的。

我愛玩的遊戲。對於很少在戶外玩耍的我來說，他是教我很多戶外遊戲知識的老師，所以兩人總是和樂融融地一起玩耍。

12

一到春天，我們就一起跑到隔一個山坡的廣闊草地放風箏。阿貞的風箏是以毛筆畫著達摩大師圖，我的風箏則是用骨架做成，上方畫著金太郎圖。當風箏開始上揚時，還能輕易控制，可是隨著它越飛越高，其力量就越來越大，最後我還得仰頭望著空中，努力控制風箏。可是風箏一邊發出很大的聲響，一邊輕輕擺動它的尾巴，好像在天空游泳一般。風箏的拉力很大，有時我差點就被它拽倒，有時它也會生氣地旋轉，彼時我會很害怕地拚命說：

「對不起，對不起。」

同時盡量把風箏的拉線放鬆，讓它感到開心。不過，最可怕的就是高空建築工人的兒子所放的那種格子圖的八個風箏。那種風箏裝有紫藤骨，所以會發出很大的聲響，長長的尾巴虎虎生威地跳躍著，緊綳的風箏拉線上有閃閃發亮的小刀鋒。住在山坡下的一個調皮孩子則是放畫有般若圖的兩個一組的風箏；他每次來放風箏，都是為了攻擊別人的風箏。他把風箏改造成無尾，以利於攻擊別人。他的風箏一旦高飛，還會發出刺耳的嗶、嗶、嗶聲，然後他就以自己的風箏故意去撞別人的風箏。由於他的風箏經過改造，般若圖看起來更加醜陋，也更可以瘋狂地去攻擊旁邊的風箏，加上最近發明一種錨型刀鋒，很容易就能切斷別人的拉線，所以大家都趁他不在時，才跑去放風箏。我們通常都是一手拿著很重的纏線板，一手拿著好像彩圖馬轡般的拉線去放風箏。我常覺得風箏好像賽馬般亢奮，一升空自己就想趕快衝出去。春天的天空風不停地吹，高高飛揚的風箏當中，我自認自己的金太郎風箏最引人注目。有一次，我心無二致地專心放風箏，猛然才發現大家都回家了，逐漸昏暗的草地上，只剩我們兩個而已。我忽然感到有些心慌，匆匆收線要把風箏收回來，但剎那間風箏又被風吹上天空，無論怎麼急也收不回來。不久，太陽西下，越來越暗的天空裡只有金太郎和達摩大師的眼睛閃閃發亮。雖然彼此都了解對方的心情，卻都不服輸地裝出若無其事的樣子。我心中暗忖，如果到晚上，我還是沒辦法捲好拉線，把風箏收回來的話，到底該怎麼辦呢？我很後悔自己不應該把線放那麼長。不過到最後把風箏拉回來，一切的不安也就跟著消失了。我們相視大笑。我坦白說：

「其實我很焦急。」

同時，我們還一起發誓：

「這件事不要讓別人知道，就當作彼此的秘密吧！」

然後便一起回家了。

13

夏天的時候，我們會去捕蟬。我們不用黏糕，因為黏糕會把蟬的翅膀弄髒，而是以裝有三盆白砂糖的袋子掛在竹竿頂端來捕蟬。我們在墓園邊逛邊捕；那裡有很多樹木，繞墓園一圈，就可以輕易捕到很多隻蟬。因為秋蟬很聒噪又長得不好看，所以我不喜歡。蛁蟟[14]長得胖嘟嘟，鳴叫聲也很滑稽。有一種叫法師蟬的鳴叫聲很有趣，動作也很快，所以我們都把牠視為眼中釘，非得拚命追捕不可。但是，無論我們如何賣力，也捕不到日本夜蟬。當我看到雌蟬在袋子裡，不鳴不叫只是扭動身體的模樣，就會覺得牠們實在太可憐了。

另外，我們還會像小鳥般到處去尋找季節性的果樹。李樹上的青白色花謝了，豆子般大的果實漸漸成長。我們每天都很著急，希望它們趕快長大，等果子終於長得跟麻雀蛋或鴿子蛋一樣大，外表也變成水靈靈的黃色後，漸漸就轉成像臉蛋般紅咚咚，最後重到能把樹枝壓彎碰地。雖然家人警告我不可以吃太多李子，否則會肚子痛，但是家人既然允許我吃李子，我就毫無節制地吃到飽，可李子實在結太多了，怎麼吃也吃不完。當李子變成有點紫的時候，就會一顆顆從樹上掉下來。最後烏鴉

14 一種大蟬，身軀為暗綠色，聲音宏亮且悅耳，很受歡迎。

飛來，揚著令人厭惡的尾巴，將落果全部吃光光。

我們很期待的就是栗子成熟的季節。屆時一個人拿竹竿，一個人抱竹簍，走在墓園裡，以銳利的眼光尋找好吃的栗子。一旦找到成熟的栗子，真是快樂無比。我們先用竹竿輕敲栗子，假如栗子殼能輕鬆搖動，就可以確信這顆栗子很可口。於是我們會用力敲打，讓樹枝上的栗子直直落，並快手快腳撿起來，每撿三顆就要試吃一顆。其他還有草莓、柿子等。

雖然山櫻桃和棗子都不怎麼好吃，我們卻貪吃到樹上連一顆都不留。木瓜海棠[15]開出和樹木不搭調的可愛花朵，並長出和可愛花朵不搭調的粗糙果實。果實發出「咚」的一聲就落下，雖香氣撲鼻，味道卻苦苦的，外殼堅如石頭，怎麼也咬不動。

寬廣的庭院裡，到處都有花壇和樹木，所以每個季節都會開花，包括百合、向日葵、金盞花、千日紅、雁來紅，還有好像魚卵的棕櫚花等。

初夏，庭院裡的自然景色最讓我心曠神怡。春天日暮時分彩霞滿天，南風、北風交互吹來。寒暖晴雨不定的晚春結束後，天地萬物朝氣蓬勃，清澈的初夏到來。

天空如水清，陽光普照，涼風習習，紫丁香微微搖曳。或許是心理作用吧！連那棵陰鬱的羅漢松也和平日不一樣，看起來很開朗。螞蟻四處建塔，白蟻則從洞穴裡爬出來，到處亂飛。一到傍晚，可愛的小蜘蛛在樹蔭或屋簷下開始跳舞。我們用燈芯捕幼蟲；把地蜂穴埋起來，聆聽牠尖銳的鳴叫聲；尋找蟬殼；輕輕地戳著毛毛蟲走。總之，所有一切都充滿朝氣、愉悅、開朗，沒有任何令人憎惡的東西。在那種時候，我最喜歡站在微暗的羅漢松樹蔭下，眺望遠山漸漸暗沉；光這樣就能看到入迷。此外還可以看見綠田、森林，聽見風吹水車的聲音和青蛙的鳴叫。從對面高崗的森林中，傳來寺院的鐘聲。我們兩個一邊目送在夕陽餘暉下優雅飛去的一群夜鷺，一邊唱著「晚霞滿天，太陽將下山[16]……」的童謠。有時候，也會看見白鷺鷥伸出長腿

15 原產地在華東地區，三月至五月時會開白色或粉色的花。十月至十一月時結果，果實則為黃色橢圓形，有濃郁香氣，既可釀酒，同時也是中藥材的一種。

16 這是一首日本童謠，原名為〈夕焼け小焼け〉，中村雨紅作詞，草川信作曲。台語老歌〈遊夜街〉即翻唱自這首。

飛去。

14

地上的花朵被溫暖的夢所擁抱，暖洋洋的陽光露出溫柔的微笑，花壇裡的牡丹宛如夢國中的女王般盛開，有白牡丹、紅牡丹、紫牡丹。還有蝴蝶穿著宛如夢境般五彩繽紛的羽衣，在花間飛來飛去，瓢蟲則全身沾滿花粉，專心地吸食花蜜。在這個季節裡，平日總是門窗緊閉、無聲無息的獨棟屋舍的窗門會全部拉開，當中可見一位老僧倚著椅子扶手獨坐。獨棟屋舍前有一棵老僧珍愛的老牡丹樹，散發芳香的粉紅單瓣花開得非常燦爛。那裡和正房之間的狹小中庭內有一座小拱橋，向陽的地上有一棵長得非常茂盛的秋海棠，左邊有梧桐樹，右邊有白雲木，形成涼爽的樹蔭。七十七歲高齡的老僧一整天都躲在那裡，除了早晚低聲誦經外，平時都是默不吭聲。只有從屋子隙縫飄出來的微微薰香，才能察覺原來屋內有一個不動如石的人。有時老僧想喝茶，就會搖一搖宛如夜蟬般聲音的鈴鐺，要求送茶。假如沒人聽到鈴鐺聲，老僧就會像行腳僧般，自己拿著茶杯，輕輕走過拱橋去沖茶。我曾經看到他為做法事，戴頭巾、拿念珠、拄手杖，步履蹣跚地走著。看他這樣子，任誰都無法想像這位寒磣老僧，竟是可以穿緋色僧衣的高僧。他宛如以一座橋隔離人世間，除了夏日牡丹花開外，凡事不聞不問的寂寞修行者。在我幼小的心靈裡，不知不覺中對這位老僧起了尊敬和皈依之情。當時我和寺院的人已經很熟，不管阿貞在不在，幾乎每天都會跑到少林寺去玩，模仿老人把手環在腰上，在庭院裡或冷清的墓園裡到處走，不經意想起自己或別人的身邊事而噙著淚水……我已經養成一種好像被重重的鎖鏈拴著的囚犯，自慚形穢地邊凝視自己的腳下邊思索而行的習慣。

15

有一天阿貞不在，我獨自到寺院玩的時候，忽然傳來如夜蟬般的鈴鐺聲。那時沒人在起居間，我決定進去獨棟屋。走過橋，來到微暗的屋子，我看到輪袈裟[17]和念珠掛在衣架上，隱約聞到薰香。在走進屋內之前，突然感到畏縮而躊躇。聽力不好的老僧，好像沒聽到我的腳步聲，又搖響鈴鐺。這時我才拉開門，雙手平放、跪坐在榻榻米上。老僧毫不經意地把大茶托遞過來，一看到是我，吃驚說道：

「哎呀！是你呀。」

我緊張地鞠躬，接過茶托，有一種害羞、喜悅和完成心願等交織的複雜心情，走到起居間沖茶。返回時，陳舊小橋搖晃，杯子裡的水差點灑落。我恭恭敬敬地把茶托端給老僧時，他再度說道：

「哎呀！是你呀。」

我悄悄地拉上門，才放心地走過橋。從此以後，我偶爾會代替那家人送茶過去。我一直很想找機會跟老僧說話，但每次坐在他面前，一句話也說不出來，只是默默地接過茶杯，默默地端上茶杯，就出來了。每次他也都像貓頭鷹般只說那句「哎呀！是你呀」之後，便一句話也不再說了。我曾端著黑色漆器茶托過橋時，飛來一隻偷吃南天果實的短腳鵯，以致把杯內的茶灑落。月夜裡，我曾看到白花一朵一朵落在橋上。儘管我多次過橋，那位如枯木般的隱士卻不曾給我任何跟他對話的機會。有一天，我聽到鈴鐺聲，一如往常端茶過去後準備返回時，他竟叫住我說：

「我想畫一張圖給你，去買紙吧！」

我好像被狐狸附身般跑去買紙回來，擺在老僧面前。老僧從坐到有如生根的扶手座站起，帶我到隔壁的向陽房間。淡茶色的房間裡，牆上掛著一個寫有「椿壽」[18]二字的小匾額。跟平日不一樣，我坐在他身旁，緊張到渾身是汗。我深信老僧是一個有如石佛般坐在屋內搖響鈴鐺的人。我凝視他的一舉一動，心想不知他會做出什麼奇怪的事來。老僧用一個大硯台磨墨，毛筆蘸墨順暢地畫出絲瓜圖。他畫一片葉、一條蔓、一顆絲瓜，並題識：「我視人間如絲瓜，切勿如絲瓜晃蕩過一生」[19]，最

17 輪袈裟為僧侶掛在脖子上，可代表穿上袈裟的簡便佛教裝飾品。
18《莊子》一書有云：「上古有大椿者，以八千歲為春，八千歲為秋。」所以這裡的「椿壽」，即「長壽」之意。
19 原文為「世の中は何のへちまと思えどもぶらりとしては暮らされもせず」，乃《一休問答歌》中的一首問答歌。

後以小茶壺為押記，左顧右盼一會兒，突然放聲大笑地說：

「那麼就送你，拿著這張畫出去吧！」

說完便把硯台放在架子上、洗筆，快速坐回他的金剛座，然後又如平日般像一尊石佛。我好像從樹上掉下來的猴子般，洩氣地拿著絲瓜圖回家。

老僧在大約三年後往生了。當時我已經上中學，阿貞則去當學徒，不知不覺間我便不再去寺院玩了。有一天晚上，突然有人跑到我家，告訴我們老僧往生了。我和父親一起到寺院去弔唁。聽說老僧並沒有生病，被在各寺院當住持的弟子輪流照顧，壽終正寢。我們走過很久沒走的橋來到獨棟屋，那裡香煙裊繞，還有猶如我曾在名為「大般若會」的廟會所看到的很多僧侶擠在一起談話的景象。在老僧畫絲瓜圖給我的房間裡，老僧身穿金線織花袈裟，拿著拂塵，一如往昔如石佛般寂然趺坐。我走到他面前，像昔日般鞠躬拈香。那個綽號為僧正遍昭、額頭飽滿的僧侶，一邊吃蕎麥饅頭，一邊說道：

「清淨寂滅，清淨寂滅。」

這情形讓我更加感到自己好像一隻從樹上掉下來的猴子。

16

幾年前，剛好有人可以陪伴，大阿姨一方面想回去掃墓，另一方面也想念昔日的故鄉，所以就回故鄉去了。原本她打算回故鄉幾天，很快便返回我家，但是一回到故鄉，她就病得差點死掉。還好沒死，很幸運地又痊癒了。可她已經很老邁，身體很虛弱，無法再回我家。無可奈何之下，她也不想要回我家，遂接受遠房親戚的拜託，幫忙看房子。

父親的思想傳統，依照諺語「當真疼愛孩子的話，就該讓他出外磨練」[20]的說

20 原文為「かわいい子には旅をさせよ」。

法，同時也是為治癒我的憂鬱症，春假期間就讓當時十六歲的我獨自前往京都、大阪一帶旅行。我到處遊覽，直到憂鬱症好像快痊癒，才被父親叫回家。我要離開京阪的某一天，決定去探望大阿姨，順便向她告別。大阿姨住在一個沿河角落、叫作「御船手」的地方，那是江戶時代屬於藩鎮「御船手組」[21]的所在地，由於小房子密集，很難找到大阿姨的住處，一直到傍晚才走進位於雜貨店對面一間有著寺院般大的門、很破舊的房子，看起來也不知道有沒有人住在裡面。而且偌大的地方，連一草一木都沒有，簡直是個荒廢的屋舍。我站在敞開的前門呼喚兩、三聲，都沒有人答應。對我來說，那是一個陌生的地方，太陽又已西落，我不安地環視一下，發現左邊一個柵門有一塊約兩坪大、不適合叫作庭園的空地。我悄悄地打開柵門，看到一個老態龍鍾的老婆婆，昏暗中也沒點燈，坐在廊下彎著腰在縫東西。因為是偷偷進入別人家，我有點不好意思地後退一步，可這已是詢問大阿姨住處的最後機會，遂站在柵門邊彎腰，說：

「不好意思。」

老婆婆沒有回應，繼續縫東西。

「不好意思。」

不知她是不是耳聾。我提的行李重到差點掉下去，最後實在受不了，又開口道：

「請問……」

一邊迅速走進去。她終於發現有人進來，輕輕地抬起頭。雖然臉龐在昏暗中看不清楚，而且又老又瘦，但我一眼就認出她是大阿姨。我大吃一驚，凝視她好一會兒。大阿姨急忙把針線收拾起來，有禮貌地問：

「請問您是哪位？最近我眼睛看不清楚。」

「……」

「因為耳朵也聾了，實在很失禮。」

由於我沒應答，她探著身子再問道：

「請問您是哪位？」

21「御船手組」為管理、營運藩鎮所使用船隻的機關。

我很想哭，努力壓抑不哭地說道：

「是我。」

但她卻說：

「我不知道您是哪位。」

大阿姨仔細端詳我後，確信我不是壞人，起身從房間裡的火盆旁拿出一張簡陋的座墊放在佛壇前，說道：

「請進。」

她彎下腰邀我進去。此刻我的心情才恢復平靜，微笑著向她說道：

「妳還不知道我是誰嗎？我是〇〇。」

她大為吃驚，叫道：

「什麼？」

說罷立刻跑出來，眼睛眨也不眨地注視著我，然後流著眼淚說道：

「真的是阿〇嗎？哎呀！哎呀！真的是阿〇嗎？」

她好像在撫摸賓頭盧尊者般，開始撫摸身材比她還要高大的我，好像怕我一下子就會消失般地盯著我說：

「哎呀！你已經長這麼大了，我都不知道。」

她讓我坐在火盆邊，大略問候一下，就表示想再多摸摸我長成什麼樣子了。

「真的很謝謝你來看我，我早已覺悟這輩子再也沒機會跟你見面了。」

說著說著，就好像在膜拜般擦拭眼淚。

17

大阿姨點上老舊的座燈，對我說道：

「請等一下，我出去外頭一下。」

她抱怨自己的腳行動不便，好像膝行般從廊下走出去。我獨自坐著，心想這次應該是兩人最後一次見面了，也想到一些事情，包括大阿姨出人意料地衰老，不知不覺間我已經長大，還有小時候跟大阿姨一起度過的日子等。不久，傳來腳步聲，大阿姨帶了幾個我不曾見過的人回來。聽說她們都是大阿姨還活著的老朋友，也都住在附近不遠的地方，經常見面閒聊。大阿姨跑出去找她們，高興到對她們下令說：

「阿〇從東京來了，大家都來看他吧！」

於是便邀請她們過來。這些跟我非親非故、沒有任何掛念、好心情的人，只因為經常聽大阿姨得意洋洋提起「阿〇、阿〇」，聽到耳朵都快長繭了，所以多少抱著好奇心，想來看看到底是怎樣的孩子。結果發現她們想像中的那個「阿〇」跟其他孩子也沒什麼不一樣，就匆匆回家帶很多廉價點心要給我。那些點心是放進很多砂糖做成的酥脆餅乾，用火一烤，就很奇妙地扭曲而無法控制。後來大阿姨知道我還沒吃晚餐，她的朋友建議幫她去買現成的飯菜，但她認為替我煮飯是她的一大幸福，所以不接受朋友的建議，提著小田原提燈[22]出去買菜。大阿姨出去買菜後，她的朋友告訴我一些大阿姨的事情。據她們說，這個屋子的女主人很久以前就跑去幫忙已出嫁的女兒，所以不在家，大阿姨才會獨自在這裡幫忙看房子。大阿姨住在這裡覺得不好意思，雖然眼睛看不清楚，每天都替女主人做些家事。不久，大阿姨匆匆回來，在廚房點上小燈，一邊煮飯一邊詢問我東京方面的消息。她的朋友都適時地回家了。大阿姨很不好意思地說：

「很抱歉，這種地方沒什麼好吃的東西，真是不好意思。」

她把一個大盤子放在我的食桌旁，從小爐子上的淺鍋裡把煮熟又熱呼呼的鰈魚用筷子一尾一尾夾出來放在盤子上。雖然我告訴她：

「我吃不了那麼多。」

她卻答道：

「不要客氣，多吃些吧！」

仍然繼續把鰈魚放在盤上，最後整個盤子都被鰈魚覆蓋了。因為興奮的大阿姨高興到不知該如何歡迎我，跑去魚店把所有的鰈魚統統買回來。我為了表示對她的

22小田原提燈為一種細長的摺頁式提燈。

感謝，把大約二十多尾的鰈魚全部吃下去，結果實在太撐了。

我怕自己離去後不知會不會對大阿姨造成什麼困擾，但她卻精力充沛地收拾一切，然後跟我面對面坐著，好像打算把我的身影收進她小小的眼睛裡，帶到極樂淨土般，盯著我說東扯西。我一直想幫眼睛看不清楚的她做家事，她卻說：

「光受人照顧，什麼事都不做，我會覺得很不好意思。」

所以堅持不讓我動手。我想起大阿姨住在我家的日子，順手從寒酸針包上拔出一根針，替大阿姨把線穿好，讓她明天比較方便縫縫補補。我實在累了，也擔心讓大阿姨太累，不久就躲進被窩裡。可是大阿姨說她要感謝阿彌陀佛，於是就虔敬地坐在佛壇前，手拿一串我曾經看過的水晶念珠，開始念經。在微微晃動的燈光照射下，看起來重病虛弱的大阿姨，好像也跟著微微搖晃。那個為我扮演四王天與清正交戰的大阿姨、從枕頭的抽屜裡拿出肉桂棒給我的大阿姨，她的身體如今已經單薄到好像影子一般。大阿姨終於念完經，關上佛壇的門，躲進我旁邊的被窩裡，說道：

「之前生重病的時候，我已經覺悟自己快要死了。看來壽命還未盡，我還活在人世間，不過到了這種年紀，心中已經沒有任何掛念，每天入睡時都祈求阿彌陀佛領我到祂身旁，但是……」

她看到我在蓋被子，擔心地問我：

「會不會冷？千萬不要感冒了。」

「……」

「早晨一醒來，就發現，哎呀哎呀，我還在活著耶……」

大阿姨的話好像永遠說不完，我在適時打斷她的話後便入睡了。其實，兩人都擔心會吵醒對方而假裝睡覺，根本都沒睡好。翌日清晨，我從大阿姨的住所出發。大阿姨孤零零地站在門口，目送我很久很久。

不久，大阿姨就過世了。我相信大阿姨的夢已成真，坐在阿彌陀佛前，就像那晚我所看到般，虔敬地感謝阿彌陀佛。

18

十七歲的夏天，我在當時一個好友家的別墅獨自度過。那是位於哥哥曾經帶我去的美麗而寂靜的半島小山上的一間茅草建築物。期間照顧我的是一個住在附近賣花的獨居老婆婆。老婆婆跟已故的大阿姨是同鄉人，她的年紀和所用的方言很容易讓我想起大阿姨。因為我聽得懂她的方言，她故鄉的往日情景也曾聽大阿姨講過，所以我們很快就成為無所不談的夥伴。

老婆婆年輕時，拒絕如父親般的兄長為她安排嫁給賭場老大的親事，哥哥就丟給她大約百公斤的木棉，叫她自謀生計。她用那些木棉做成絲線，拿到批發店換成木棉，又用木棉做成絲線，再拿去批發店。最後她把賺來的錢拿去買米，又把剩下的一點錢拿去買衣服。哥哥發現她買衣服，勃然大怒罵她為什麼沒跟如父親般的兄長講一聲，就逕自去買衣服。這件事促使她想出外當織布工，於是藉口要去善光寺拜拜，就離家出走了。那是她十七歲時候的事情。她在前往善光寺的途中，有一個好似人口販子的男子一直尾隨，讓她感到有些害怕。她在日落前想投宿在信州妻子[23]，沒想到那男子竟神不知鬼不覺地已經在那家旅館等她。當她決定不住那家旅館時，旅館老闆還極力阻止。她覺得很奇怪，就問老闆，自己才剛到而已，既沒付錢，太陽也還沒下山，為什麼極力阻止她出去呢？老闆說是剛才有一個客人拜託他阻止她出去，還說得把她留到那個客人要離開為止，所以才會堅持不讓她走。無可奈何之下，她只好對一個巧遇的同鄉人說明事情的經過，拜託同鄉人說服老闆。老闆馬上就說要讓她走，可是等到同鄉人離去，老闆又露出兇惡的面孔，不讓她走。於是，她又對一個碰巧路過的老人說明事情的經過，老人欣然幫她把問題解決。然後對她說假如到他家的話，他可以讓她跟前往善光寺的飛腳[24]一起出發。她毫不懷疑地跟著老人到他家去，但老人一直叫她幫忙農耕，一個月過去後，仍然沒有要讓她前往

23 信州妻子為位於長野縣南木曾町妻籠中山道上的一個宿驛。
24 飛腳是以替人傳遞書信、金錢、貨物等為業之人，類似現在的快遞。

善光寺的樣子。她終於獨自離開老人的家跑去當傭人，後來找到一個願意一起去善光寺的人。她前往善光寺的途中，在一家旅館因為不可思議的緣分，受到為她抬轎子的轎伕、旅館老闆以及宿驛官員等人的幫助，就跟一個捕吏結婚了。不過她很討厭那個男人，好幾次想分手，沒想到竟然在一起生活好幾年，後來終於有機會一償宿願，前往善光寺拜拜。然而在善光寺，夫妻倆罹患嚴重的痲疹，臥病不起。總算痊癒後，由於有點經驗，夫妻倆就去當傘匠，賺錢償還債務。有一次為某寺院所舉辦的儀式製作紅色大傘，從此以後就專門到各處的寺院製作紅色大傘。這樣遍歷各處寺院，夫妻想回故鄉時走到〇〇處，卻無論如何也沒有機會返鄉，只好到處輾轉，而在此處不遠的地方開了一間傘店。傘店生意興隆，越開越大，還雇用幾名學徒，後來因為丈夫罹患眼疾，只好關門，開始販賣自己種植的花。九年前，丈夫以六十九歲高齡過世，她就越來越落魄，直至今日。

老婆婆每逢奇數日，都從清晨就揹著簍子外出賣花。據她所說，由於大家的照顧，常常有人送她點心或菜，所以所需要的費用只有每天買米吃的五錢，而且神明預言她一年半後將會過世，所以她已經拜託寺廟在她死後為她念經祈求冥福，喪葬法事等費用，也將由變賣她目前所住的破舊房子所得的錢支付，所以她對生活已經沒有任何掛心。老婆婆拿出一本包在紫布巾裡的破舊筆記本給我看，說道：

「我把所有事情都寫在這本筆記本上。」

我打開筆記本一看，那是約從明治二十二年[25]開始，不同人的筆跡拉拉雜雜寫上她的夢想等雜七雜八的事。封面還寫著「御夢想灸點之記」[26]幾個字，不過書寫內容連一件神佛的相關指示都沒有。不識字的她毫不懷疑地深信為她書寫內容的人，都一字不漏地寫下她所說的每一句話。其實，偶爾還可看見連賣藥的廣告都混雜其中，不知情的她也同樣小心保存。我正在看筆記本時，她站在我身旁，儘管看不懂，卻探過頭來說：

「我連弘法大師都見過。」

25 明治二十二年為西元一八八九年。
26 意為記載神佛在夢中所指示之事。

「我連觀世音菩薩都見過。」

幾天後，我才明白她之所以對我如此親近的理由，是因為我會認真聆聽她所說一些至今仍被視為迷信的談話內容。老婆婆說當她第一眼看到我時，就暗自認為：

「哎呀！這是一個跟佛陀很有緣的人，這個人應該去當和尚才對。」

我問她：

「那麼，妳還有什麼感應嗎？」

滿臉都是皺紋的她答道：

「沒有。」

不過，她是一個難以藏住話的人，後來還是坦白說：

「你不可能有一個好姻緣。」

據說我是一個跟佛陀有很深因緣的人，因有業障，以致無法當和尚，以後仍會持續被業障所干擾。我嘆了一口氣，說道：

「那麼，縱使跟佛陀有很深的因緣也沒用啦！」

她卻一臉嚴肅地強調：

「不是這樣的。從今以後你應該虔誠地信奉佛陀，佛陀法力無邊。」

她還勸道：

「你不像我們這種人，你是一個識字的人，應該好好讀佛經。」

然後拉起我的手，觀看手相後，說道：

「小業障都已消失了。你有很好的慧根，很有佛緣，只是你還沒放棄無謂的我執，你真是執迷不悟啊！」

說完便放開我的手。

19

有一天下午，我以後山的大松樹為目標去爬山，途中迷路，走到沒有路的山谷裡。我以雙手胡亂撥開長得比我還高的草叢而行，不時被縱橫交錯的枝枒打到臉頰，被好像指揮扇的蔓草刺到腳，好不容易才從狹隘的山谷裡脫逃，走到一座山峰上。那座山峰看起來很像一頭牛朝著海口的深谷中走出來的樣子。我在那頭牛的背上朝肩膀彎彎曲曲地爬上去，看起來像鯊魚皮般的褐色花崗岩上，有一棵被曬得乾巴巴的小松樹勉強貼在地上，飛來吃果子的小鳥糞便四散。一路走來，我感覺好像都快往下滑落到谷底，只好用力挺住，緊緊抱住粗糙的岩石，勉強爬到位於牛肩膀的岩石上。天上陽光閃耀，太陽熊熊燃燒的火光四射。從牛肩膀到牛脖子有一條坡度不大的漫漫長道，走了大約一百公尺，坡道兩側的懸崖越來越險峻，山谷越來越深，我終於走到好像牛鼻子般狹窄平地的絕壁。原來這裡是沿著總計約有十二公里的海岸，從約五、六百公尺高的山脈往大海延伸出去而形成無數溪谷的三條支脈之一。現在那條支脈已經被水浸蝕，形成好像倒立楔子般的風景。那裡的後方有山峰，隔著山谷對面有一大片比山峰還高的岩壁好像屏風般圍繞，仰望晴空，就形成一座奇怪的殿堂。我頭上不時有鳴叫聲越來越高的隼盤旋，一會兒突然疾速飛來，擦過我眼前，又往高處飛揚。往下看時，我發現右邊山谷有一條路在黑森林中蜿蜒，越過山脈可直達村落。透過那條路的狹小空間，我看到很多峰峰相連的山染上紅色、淡紅色、紫色或淡紫色，並且跟雲朵無邊無垠地重疊在一起。我一方面感到有些恐怖，另一方面也感到喜悅和讚美，於是放聲高歌。沒想到竟傳來回音！那聲音好像有人躲在山裡要追趕我，清晰地反覆唱著我所唱的歌。我被那個隱形歌手所激勵，盡情地引吭歡唱，那個人也跟我一樣大聲回應。然後，我又恢復跟平常一樣的歌聲。我就在這個顯而易懂的原理中，享受著單純的愉悅，度過快樂的半天，在夏日夕陽即將西落時，才回到那個有交趾木圍牆的房屋去。

20

我想洗腳，也認為該是洗澡的時間，就繞到屋後的庭園走進浴室，泡在水溫適當的熱水中，在澡盆裡把疲倦的雙腳舒適地伸展開來。當熱水浸泡到胸部，感覺好像有一條絲線輕輕勒緊胸部。我用雙手控制一直要浮起來的身體，把頭放在澡盆邊緣仰望，一邊讓泡得暖烘烘的皮膚散熱，一邊反覆回想今天所發生的愉快事情。我為那座山峰取名為「回音之峰」。由於不小心迷路才發現那裡，所以只有我才知道那個地方，因為必須走過很危險的懸崖方能抵達……這些事實讓我更開心。沒多久，我無意間看一下澡盆裡的熱水，雖然得仔細凝視才能看到，但我發現熱水表面上漂浮著細微的白色油脂。難道有人泡過熱水了嗎？一這麼想之後，眼前所見都變成確實如此的證據。嗯，應該是有人泡過了；這念頭突然令我非常不安。對我而言，不認識的人就是討厭的人。如此一來，整個人都覺得很洩氣。老婆婆發現我在泡澡，跑過來要為我刷背。她一邊辯解忘記換洗澡水，一邊告訴我東京家裡的一位年輕太太來了。我知道朋友家根本沒什麼年輕的太太，只聽說朋友有一個姊姊到京都去，今年夏天要回東京。可能是朋友的姊姊來了吧！假如是這樣的話，我也沒辦法，只好接受事實，頓時感到很困惑。老婆婆故意低聲說：

「那是一個非常漂亮的女人。」

說完就走出去了。然後，我好像見不得人般，偷偷回到自己的房間，靠著柱子，覺得非常困擾。對我來說，向一個初次見面的人問候，確實是一件很困難的事情。在陌生人的面前正襟危坐，就好像被人用一條看不到的繩子緊緊束縛般難受，眉間變得僵硬，肩膀像燒起來似的感到炙熱。那個女子好像正坐在對面房間裡。如果她是朋友告訴我的那個姊姊的話，倒也不覺得有那麼不愉快，只是我不知道該怎麼辦才好。正在躊躇不定時，輕輕的腳步聲逐漸靠近，最後聲音在我的房間拉門前停下來了。我離開柱子，正起身準備坐在書桌前的時候，傳來穩重又柔和的聲音，說道：

「您好。」

隨著那個聲音，拉門也被拉開了。

「哎呀！真不好意思，還沒幫您點燈。」

她好像自言自語般地如此說道，然後我就看到昏暗的長方形當中浮現一張白皙的面孔。

「您好！我是○○的姊姊。我要在這裡待兩、三天。」

「喔。」

我只能如此回答，然後好像在等待被判刑般沉默。她在我面前放一盤香味濃郁的西點，說道：

「不是什麼高級的東西……不知道合不合您的口味？」

這時，嚴肅而冰冷的雕像突然變成一個美女，帶著一點羞澀，露出微笑。

「我應該幫您點個燈。」

她在說這話的時候，又恢復成雕像，走出去後就消失在黑暗中。

我鬆了一口氣。一邊為自己的可憐模樣感到丟臉，一邊努力回想那個消失在黑暗中的表情，不過一切都如夢幻般難以捉摸。然而就在默默閉上眼睛之後，忽然在一處光亮的地方，輪廓漸漸清楚了。她梳了一個稱為丸髷的橢圓形髮髻，頭髮烏黑，兩道清楚分明的眉毛下方，烏溜溜的眼睛閃閃發亮。她的輪廓太過鮮明，以致令人有種難以接近的印象，連下唇有點突出的可愛嘴唇，也像是以海底珊瑚所雕出來的雕像般冷漠，不過當她嘴角美美地往上翹起，露出漂亮的牙齒時，由於清澈的微笑，所有的表情變得柔和，白皙的臉頰變得紅潤，雕像就這樣變成一個美女了。

21

之後，我不知為什麼總是故意避開她，每天一早就跑到回音之峰，直到晚餐過後才回去，可是同在一個屋簷下，一天當中不免還是會碰到她。我在山峰上也沒唱歌，只是好像一隻季節遷徙的候鳥般，從絕壁的空隙望著鬱鬱蒼蒼的諸山發呆而已。

某天深夜，我站在花壇裡，看著月亮從後山緩緩升起。幾千隻蟲揮動小鈴鐺，海風越過農田，把大海的潮味和海浪的聲音送過來。獨棟屋子的圓形窗戶流瀉出燈光，圓窗前的荷花罈裡，傍晚一陣驟雨的水珠，還留在荷葉上，看起來非常涼爽；有幾朵收合的白荷花。我浸沉在所有思索中最深處、最難以名狀的沉思中，忘我地凝視一夜復一夜、缺角越變越大的月亮……這時，猛然發現不知什麼時候，朋友的姊姊也站在同一個花壇裡。月亮和花朵都不見了，猶如映在池塘水面上如繪畫般的風景，被一隻飛過來的水鳥攪亂，所有的倒影一瞬間全化作白色水沫。我慌張地想搭訕，道：

「月亮……」

不過，她可能揣測到我的心情，往另外的方向走去。我害羞到連耳朵也變紅了。我是一個很容易因為一點很小的事、不小心說錯一點話或一點點沒面子的事，就感到很丟臉、很害羞的人。但她並不介意我的模樣，慢慢在花壇繞了一周，說道：

「真是美麗的花壇啊！」

她就這樣巧妙地替我掩飾窘態，我打從心底感到開心，也很感謝她。

22

翌日，我去獨棟屋子還報紙時，朋友的姊姊轉過身子在梳頭。她那烏黑的長髮輕輕地隨著肩膀的起伏而垂在背上。當我拉上拉門要走的時候，她梳頭的手停在耳朵邊，鏡子裡映照出她的微笑。她對我說道：

「明天我要回去了……所以希望今晚能夠跟您一起用餐……」

……

我又跑到回音之峰，自然殿堂裡除了隼盤旋外，什麼也沒有，連一首歌都沒唱地過了大半天。回音也沉默地不敢攪亂我這個親密夥伴的心情。

晚餐時，鋪上純白色桌布的餐桌側面坐著老婆婆，我和朋友的姊姊面對面而坐。我有點害羞，有點高興，有點寂寞，也有點哀傷。

「那麼就開始用餐吧！」

朋友的姊姊輕輕點頭，有點害羞地說道：

「我不大會做菜……希望您們會喜歡我做的料理。」

她邊說邊看著碟子，露出微笑。碟子上的手工白豆腐還在顫動，透過豆腐，好像也能看見碟子上的藍色圖案。她替我們磨碎柚子，然後把淡綠色的柚子泥撒在看起來即將融化的白豆腐上，倒入醬油的瞬間，突然變成深葡萄色。我把豆腐輕輕放在舌頭上，有一股清爽的柚子香、醬油的濃味道，以及冰冷而滑潤的觸感。如此在舌頭上翻滾兩、三次，只留下微微的澱粉味就消失了。其他碟子上還有胖嘟嘟的小竹筴並排，尾巴還翹起來。這些竹筴魚烤得尖鱗變成栗子色，藍藍的背部，油亮亮的腹部，同時還散發出烤竹筴魚特有的溫熱香味。夾起堅實的魚肉，蘸上醬汁來吃，更有一股濃厚的味道。用餐完畢，收拾好碗盤後，朋友的姊姊還幫我們準備水果。她從幾顆大梨子中挑選出看起來最甜的那個，削皮時為避免把有點重的梨子弄傷，她以指尖緊緊抓住梨子的樣子，好像吹奏排簫時以手指頭形成一個環。她彎著長長的手指，梨子就在手指與手指間旋轉；從白皙手背上垂下來的黃色梨子皮，好像雲朵般漂亮。富含水分的梨子不斷滴下水來，她說她不是很喜歡梨子。朋友的姊姊把梨子放在盤子上端給我。我一邊把梨子切成小塊放進口中，一邊看著她用嘴唇把漂亮的櫻桃輕輕地夾住，再滑進舌頭上，好像扇貝般美麗的下巴柔軟地動起來。

朋友的姊姊好像比平常還開心，老婆婆也不停地歡鬧。老婆婆說她可以猜中對方有多少顆牙齒，還像孩子般把臉埋在朋友姊姊的背上，想了一會兒，對我說道：

「除了智齒外，你應該有二十八顆牙齒吧！」

我答道：

「任何人不都是有二十八顆牙齒嗎？」

老婆婆不服氣地反駁道：

「怎麼這樣說，釋迦牟尼可是有四十多顆牙齒呢。」

朋友姊姊的嘴角開心地往上微張，露出潔白美麗的牙齒，然後又接著下一個話題。當我們談到有關小鳥的事情時，老婆婆說她的故鄉的山裡面，棲息著很多白鷺鷥，飛雁、野鴨以及一群一群的鶴也會飛過來。每年都會飛來一對白鶴，而且百姓還必須向領主報告白鶴已經飛來了；鸛鳥都是轉著脖子鳴叫；鸛鳥在神社的大杉樹上，以小樹枝築出好像簍子般的鳥巢等之類的事情，說個沒完沒了。我問她那些事情是什麼時候發生的，她答說都是在她小時候發生的事情。

「那麼現在什麼鳥都沒有了吧！」

我這麼一說，引來她強烈的反駁道：

「當時有很多鳥，牠們每年也都會孵出幼鳥啊！」

朋友姊姊的嘴角又開心地往上微張，露出潔白美麗的牙齒。

原本朋友的姊姊翌日早上就要回去，由於一些緣故，直到晚上才出發。傍晚，我泡完澡，老婆婆好像出去買東西了。因為房間暗暗的，我想到花壇的時候，從房間的圓窗裡傳來朋友姊姊的聲音，說道：

「我用一下你的燈。」

她端著盛有水蜜桃的托盤，走過來道別：

「我要走了，希望您有機會能來京都玩。」

我往下走到庭園，坐在花壇旁的椅子上，一直凝視著大海那邊不斷移動的星星。除了遠處傳來的海浪聲、蟲鳴聲，還有天空之外……什麼都沒有。我看到老婆婆雇了輛人力車來。準備出發的姊姊穿著漂亮的衣服，又走到我的房間來還燈。不久，她跟著把行李搬出的老婆婆走出來，當她走過廊下往大門而去時，對著我的方向鞠躬道：

「請多保重。」

我裝作沒聽到。可是又聽見她說道：

「再見，請多保重。」

我在黑暗中默默地點頭。人力車的響聲越來越小，最後傳來關上大門的聲音。我躲在花壇旁，擦拭不斷落下來的眼淚。為什麼我一句話都說不出來？為什麼我不會說再見？我站在花壇裡直到身體變冷，比昨晚還更缺角的月亮從山邊升起，才回到房間。我懶洋洋地把手肘支在書桌上，把如臉頰般微紅、如下顎般鼓起而柔軟的水蜜桃握在手裡，輕輕地貼在嘴唇邊，聞著從細膩的外皮散發出的甜香味，再度落淚。

大正二年（一九一三年）初稿

國家圖書館出版品預行編目資料

銀之匙 / 中勘助著；林皎碧譯 . -- 初版 .
-- 臺北市 ： 大塊文化 , 2016.05
面；　　公分 . --（mark；116）
ISBN　978-986-213-696-6（平裝）
861.57　　　　　　　　105004808